身代わり婚を押し付けられた役立たず令嬢が、人嫌いな冷酷旦那様の最愛妻になるまで

m a r m a l a d e b u n k o

砂川雨路

身代わり婚を押し付けられた役立たず令嬢が、人嫌いな冷酷旦那様の最愛妻になるまで

身代わり婚を押し付けられた役立たず令嬢が、人嫌いな冷酷旦那様の最愛妻になるまで

プロローグ

私の夫になる人はとても背が高い。肩幅は広く、胸板は厚い。手が大きくて私の顔くらいすっぽり覆ってしまえそうだ。真っ黒な髪は撫（な）でつけられていて、端整な顔立ちがよくわかる。

その綺麗（きれい）な顔に、快や不快の表情が浮かんでいたことはない。私がこの人と顔を合わせた機会が、今日までで数回しかないということもあるだろうけれど、それにしても彼は無表情の人だ。

白花響一郎（しろはなきょういちろう）、三十歳。黒五つ紋付羽織袴（はかま）を身にまとい、境内の参道に立っている。私を見る真っ黒な瞳に、光は見えない。他人が嫌いで陰鬱（いんうつ）で……そんな噂（うわさ）を流されるだけはある。とても花嫁を見る視線ではないもの。

「こちらへ」

介添えの女性に手を引かれ、白無垢（しろむく）姿の私は彼の横に並んだ。ぱっと赤い傘が後ろから私たちの頭上にさされる。曇り空の下、日避けでも雨避けでもないこの傘はただの飾り。

新郎新婦とその親族が挙式の行われる神殿まで歩くのは、決められた工程のひとつだ。しずしずと進む行列に、晴れがましさも喜びもなかった。

才条恵那。先日二十歳になったばかりの私は、今日この人に嫁ぐ。

喜びに満ちた結婚ではない。しかし、嫌で嫌でたまらない結婚でもない。

この結婚は実家の才条家から穏便に出る条件であり、それ以上でも以下でもないのだ。実家の境遇と比べれば、おそらくは結婚生活の方が平穏だろう。そこに愛や自由がなかったとしても。

そして、この結婚に夢も希望も見出していないのは、おそらく隣を歩くこの人も同じ。

本家である白花家の嫁は分家のいずれかから出すのは決まりだそうで、ちょうどいい年頃の娘が私だったというだけ。

結婚前に会ったのは挨拶を兼ねて一度と、式場の確認で一度。ふたりでデートをしたことはおろか、じっくりと話をしたこともない。

結婚式も執り行うのが本家の決まりで、私が希望したわけではない。現にこの挙式は夫となる人がすべて手配し、私に相談などは何もなかった。

別にいいのだ。

私は手を引かれたまま、慣れない着物と草履で歩く。手を引いてくれる役は母親や親族の女性が務めるのが一般的だそうだが、実母には相談する余地もないし、姉らも同様だ。そして、私も望んでいない。

私の家族は、誰も私の結婚を喜んでいない。父だけは分家の役目を果たし、自身の職業上の地位や名誉が守られたと安堵(あんど)しているだろう。

母は面倒な行事と考えているだろうし、振袖姿の姉ふたりは早く帰りたいと思っているに違いない。

父から『くれぐれも本家のご当主に失礼な真似をしないように』と注意されたのみで、誰ひとりお祝いの言葉を口にしなかった。

いや、家族のことはもういい。私は今日から才条恵那ではなくなり、白花恵那になる。

幸せな結婚になるかはまったく未知数だけれど、それでも安全に暮らしていけることに感謝しなければならないだろう。

横を歩く白花響一郎の顔をちらりと見あげる。綿帽子の下から覗(のぞ)き見るので、じろじろと長くは見られない。彫刻のように美しい横顔には感動はおろか、緊張も困惑もなかった。妻を迎える男性は、もう少し喜ばしい顔をするものではないかしら。

まったく感情が見えないのは、この人が所謂〝人嫌い〟だからだろうか。

でも、それを言うなら私もまた、そう愛想のいい顔もしていないのだ。

無表情の花婿と沈痛な面持ちの花嫁の行列は、ゆっくりと儀式殿に向かって進む。

後ろに続く参列者は、白花家の分家当主ら、私の家族。白花家は夫となる響一郎さんの他に九十代の彼の祖父がいるが、体調を考慮し、この場には来ていない。

境内を進めば、儀式殿が目の前に近づいてくる。

この後、私と響一郎さんは神前式で挙式する。

決まりきった流れを演じれば、私は才条家の末娘から白花家の嫁になれるのだ。

婚姻届を出すのはこれからだけれど、心の上ではこれで才条家とさよならできると少し気分が軽い。

人嫌いと噂される当主の妻。

(それがどういうことかはわからないけれど)

ふうと息をついた。目立たないようにそっと。

(私は妻としての役割を果たすだけ)

そのときだ。草履の先が引っかかった。参道の終わりに敷石が浮いている箇所があったようだ。わずかによろめいた私を介添えの女性も支え損ねる。

着物の上から私の右肘をしっかりとつかんだのは、響一郎さんだった。

「す、すみません」

小声で謝る私の声と、彼の低く涼やかな声が重なった。

「痛いところはないか？」

瞬間、初めて間近で彼と目が合った。

真っ黒な瞳の色は深く、やはり何を映しているのかわからないものの、真剣に私を見つめている。近づいてみてようやくわかった。この人の黒い瞳はまるで夜の泉のように透明感がある。

「ありがとうございます。大丈夫です」

彼はそっと私から手を離した。視線はまた正面に向けられ、こちらにはこない。

それでも瞬(また)きの間に交わった視線は思いのほか穏やかで、決して偏屈で険があるようには見えなかった。

一　才条家の三人の令嬢

結婚式は披露宴も会食もなく終わった。当初からその予定だったのだから、祝いの儀式として扱っているとは思えない。白花家の意向がそうなのだろう。

（私と結婚したかったわけじゃないものね）

式場の神社からの帰路、ハイヤーの中で私は考える。横には夫となった響一郎さんがいる。彼は窓の外を眺め、無言だ。

（しきたりとしての結婚だけど、もしかして他に想い合う女性がいたのかな）

もし、そうだとしたら私が彼の心に入り込める隙はないだろう。

（でも噂通り、他人がすべて嫌いなのかもしれない。それなら嫁だからといって特別には思わないよね）

響一郎さんは人嫌いで、他者を寄せ付けない性格だと聞いている。そんな彼が、顔は十人並み、グズで愛想が悪いと言われて育ってきた私に関心を示すはずもない。家族とて、私が本家当主に愛されるなどとは考えていないだろう。

（家に置いていても邪魔だから、体よく嫁に出されただけだもの……）

せめて、本家では邪魔に思われないように生きよう。私の務めを果たし、生きる場所を見つけよう。少しでも、本家にとって必要な人間になれたらいい。そこに夫婦の情愛や家族愛は期待しない方がいい。

車で到着した白花家の邸宅は、都内の一等地にある。広々とした日本家屋は二階建てで、現在は響一郎さんがひとりで住んでいるそうだ。いや、今日からは私とふたり暮らしになる。

近くにこれまた大きな邸宅があり、そこに彼の祖父である白花松次郎（しょうじろう）氏が住んでいるそうだが、私はまだ会ったことがない。

そもそも響一郎さんと会うのも今日が三度目だ。

結婚が決まった日、挨拶に訪れたのが最初の対面。そのときに足を踏み入れた白花家の和室のひとつで、私は夫となった白花響一郎に向かって三つ指をついて挨拶をする。

「ふつつかな女ですが、本日より誠心誠意お仕えさせていただきます」

「才条恵那。いや、今日からは白花だな」

響一郎さんは私の向かいに正座で座っていた。普段着が和装のようで、着物姿だ。冷たく静かな表情をしている。

「よろしく頼む」

「はい」

「きみには二階に私室を用意してあるが、寝室は俺と同じ部屋だ。今日は夕食や寝室の準備は手伝いの者らがやってくれるので任せてくれ。明日以降、家のことはすべて、きみの思うようにしていい」

そう言って彼は立ちあがった。

「祖父に式が終わった挨拶をしてくる。婚姻届も提出しなければならない」

「私もまいりましょうか」

「結構だ。その後は会社に顔を出してくる」

断ち切るような低い声で言い、彼は私を残して和室を出ていった。

松次郎翁は九十代とはいえ、数年前まで辣腕(らつわん)を振るっていた白花家の元トップ。白花家の嫁として挨拶をしなくていいものかと悩みつつ、婚姻届を出すという記念行事も、やはり彼にはどうでもいいことなのだと感じた。

ともかく、響一郎さんがいなくなり、私は知らず深く息を吸い込んでいた。どうやら式の間からずっと緊張していたようだ。

「今日から白花家の嫁」

ぽつりとつぶやく。

この結婚は決まり事としての結婚。充分に理解している。

白花家は戦前から続く名家。家業として総合商社の経営、派生して物流サービスやネットワークサービスなどを多角的に経営し、それら企業体は商社の名から花満(はなみつ)グループと呼ばれる。

そのトップであり、白花家の当主が響一郎さんだ。弱冠三十歳で彼が頂点に立っているのは、彼の両親が数年前に鬼籍に入り、唯一の肉親である祖父・松次郎翁も九十代と高齢だからである。

……と、そういった事情は嫁入り前に自分で調べたのだけれど。

「大変なおうちにお嫁に入ってしまった」

実家の才条家は、白花家の分家にあたる。白花家当主の妻は、分家筋から出すというのは決まり事で、形骸化しないのは現時点では松次郎翁の意見が大きいようだ。

だから、響一郎さんは分家の私と結婚した。好きでもなんでもない相手と家のために。

なお、分家は才条家だけではなく、現在二十三家が白花家の分家として本家の庇護(ひご)下(か)にある。年間定例の行事に呼ばれ、何かあれば本家を支える役割を負い、代わりに花満グループ内で重要な役職を与えられ、財物を保護される。

今日の挙式にも主だった家の代表が参列していた。才条家は末席も末席で、私などは本家と分家の成り立ちを自分で調べるまで、まるで教えられずに育った。

そんな才条家の末娘である私は、本来なら花嫁候補ではなかったのだ。

＊＊＊

才条恵那、二十歳。高校卒業後、家事手伝い。

それが私のプロフィールのすべて。

顔は際立って美人でもなく、中肉中背のどこにでもいそうな女子。染めたことのない髪は黒いけれど、響一郎さんのような艶のある黒髪ではなく濃いチョコレートのような色味。

メイクもろくにした経験がなく、日焼け止めを塗る程度が精一杯のスキンケアだった。自分を飾るのにも興味がなく、むしろ目立ったことをして家族に何か言われるのが嫌だった。

高校卒業後、進学も就職もしなかったのは家族の意向だった。祖母の介護が必要になった時期で、私にその役割をすべて任せたいと両親は言った。

幼い頃から私は家庭内で孤立した子どもだった。

『恵那を可愛いとは思えない』

いつだったか母は、私に直接そう言った。幼い私はショックで涙したけれど、母はむっつり不機嫌な顔をしていただけだった。どうして実母から愛されないのか、私にはわからなかった。

物心がつく頃には、母が私を避ける理由がなんとなく理解できるようになった。

まずは、父と母の不仲だ。花満グループの一企業で執行役員を務める父は、結婚当初から仕事を優先し、お見合い結婚した母を放置気味だった。跡継ぎの男児欲しさに三人の子をもうけたけれど、三人目の私が女児だった時点で父は跡継ぎ作りを諦め、母に一切の興味を示さなくなったようだ。

さらに義母にあたる祖母と母はいっそう不仲だった。お互いに気が強く、母屋と離れとはいえ近くで生活をしていれば、衝突もあっただろう。そんな父と祖母に顔立ちが似ている私は、母にとって生理的に受け付けない存在だったのかもしれない。

さらに私はお世辞にも出来のいい娘ではなかった。

私にはふたりの姉がいて、ふたりは非常に母に愛された娘だった。

長女の貴恵（たかえ）は才条家の跡取りとして育てられ、妹の私の目から見ても賢い人だった。中学でも高校でも生徒会長を務め、国立大に進学した彼女は、母には自慢の娘だっただろう。

次女の恵未（えみ）は愛嬌（あいきょう）があり話し上手で、いつも母に寄り添って行動していた。顔立ちは一番母に似ていて、母はいつも次姉を頼りにしていた。

私は気の利かない娘だった。言葉の選び方が下手で、母を怒らせることが多かった。萎縮して黙れば、親を無視するのかとまた叱られた。放っておけば空想に耽（ふけ）り、絵を描いてばかりの愚鈍な子というのが両親の私への評価だった。

子どもの残酷さもあり、長姉も次姉も私を馬鹿にした。いつも不機嫌な母の機嫌を取るために私を下げておくのは、姉たちなりの処世術だったかもしれない。長姉は私に冷たくあたり、次姉はことあるごとに馬鹿にした言動を取り続けた。

ともかく万事がこの調子で、幼い頃の私は家庭に居場所を感じられなかった。

唯一、私に優しくしてくれたのが離れに住む祖母だった。

姉らは母の言いつけで祖母に近づかなかった。祖母にとっては、一番近くにいる孫が私。祖母は私を偏愛し、一方で厳しく育てた。

きついところのある人で、母とうまくいかなかった理由もわかる。それでも祖母は、私が両親や姉たちから与えられなかった温もりをたくさん与えてくれた。

母に疎まれた幼少より、私はほとんどの時間を祖母と離れで過ごしてきた。両親と姉らとは家庭内別居のような形だった。

だから、高校在学中に祖母が認知症を患い始めたときは、放っておくなどという選択肢はなかった。デイサービスの帰宅時間には私も帰り、祖母を迎える毎日だった。

『恵那は進学しなくていいんじゃない？』

進路を決めるときには貴恵姉さんに言われた。『就職もしなくていいでしょう。おばあさまの介護を専門でやってもらいましょう』

『おばあさま、私も貴恵姉さんもママのことも嫌いだもんねー。恵那しか仲良くできないんだから、恵那が面倒見るのは当たり前でしょ』

恵未姉さんの言う通り、認知症を患ってからの祖母は私以外の家族を受け付けず、怒ってばかりの気難しい老人になっていた。

姉らの進言や両親の考えだけでなく、私自身が祖母の面倒を見られるのは私だけだろうと考えていた。端(はな)から進学をさせてもらえる家庭環境ではない。金銭的に余裕はあっても、期待をかけていない娘のために大学費用を出す親ではないのだ。就職をしないでいいなら、祖母の介護に専念できる。

祖母には恩がある。そして、私にとっては唯一愛をくれた家族だ。何年かかっても祖母がこの世から旅立つそのときまで私が面倒を見よう。

そんな覚悟でいた。

祖母は徐々に衰えていき、春に肺炎で入院したのをきっかけに自宅に戻れなくなった。回復の兆しは見えず、肺に影も見つかり、余命は長くないだろうという話もされた。

家族に母屋に呼び出されたのは、そんな絶望的な気持ちでいた時期だった。

『おばあさんはそう長くはない。おばあさんを看取った後のことは考えているか』

『はい。この家を出て、ひとりで働いて生活していくつもりです』

父の問いにはっきりそう答えた。両親の仲はずっと冷えきっている。母と姉らの繋がりは強固だが、私はその輪には入れない。

家族とはいえ相容れないなら離れて暮らすのも仕方ない。私の顔を見なくていいなら、特に母は気も楽だろう。

暮らしていけるだけの仕事をして、休日は花や動物の絵を描いて、ひとりでのんびり暮らす。それはささやかだけれど、私の夢だった。

『簡単に言うけれど、恵那は家族に養ってもらって大きくなったという実感はないのね』

だしぬけに貴恵姉さんが言った。私を見る目はいつも冷たいけれど、このときは虫でも見るような嫌悪に満ちていた。

『いえ、貴恵姉さん。家族には感謝しています』

『そりゃそうだよね。恵那はおばあさまの面倒を見てるだけで、貴恵姉さんみたいに働いてもいないし、私みたいに大学にも通ってないもんねえ。穀潰しだよねえ』

恵未姉さんがおかしそうに笑った。

それを望んだのは家族で、理不尽な物言いに憤りは感じた。ここで私が悪いと思うほど洗脳もされていないし、思考を奪われてもいない。ただ、言い返したところで家族が私に言い負かされるとも思えなかった。昔から、家族は私の意見などどうでもいいのだ。

『恵那、おばあさんの介護を終えたら、おまえは白花家に嫁入りしなさい』

父に言われた言葉に、私は驚いて呼吸も瞬き(まばた)も忘れそうになった。

白花家？　才条家の本家、花満商事株式会社を始めとした大企業グループを経営する白花家？　父の会社・花満クリエイトも花満グループのひとつだ。

『当主の響一郎さまの妻になりなさい』

白花響一郎、名前は聞いたことがあったが、分家末端の私には遠すぎる存在だった。そもそも、父は貴恵姉さん以外に分家の務めや本家との関わりをレクチャーしていない。

それゆえ、私にとってはいきなり諸外国の王子に嫁げと言われたようなものだった。身分差があるということしかわからない。

『響一郎さまのご両親が事故で亡くなられて七年が経つ。現在、白花家の人間は響一郎さまとおじいさまである松次郎翁しかいない。御年九十の松次郎翁は、一刻も早く響一郎さまに嫁を取らせて跡継ぎを作らせたいと考えている』

『白花家は代々分家から花嫁を選ぶのよ。現在、分家で年頃の女は私たち三姉妹のみ。でも、私はこの才条家の跡取りだから』

貴恵姉さんが当然とばかりに嘆息する。

『いずれは婿を取ってこの家を継ぐ身。花嫁候補にはなれないわ。そうなると恵未か恵那なのよ』

すると、恵未姉さんが甲高い声で笑いながら言う。

『私は絶対に嫌ぁ。今、彼氏いるし。そもそも白花響一郎って人嫌いの不気味な男って噂じゃない。そんな男と結婚なんて生きたままお墓に入るようなものでしょ？　無理無理無理』

それはつまり、生きたままお墓に入るようなことは妹に任せたいという意味だろうか。

いくら私が嫌いでもあんまりな言い方ではないだろうか。しかしこの場に、次姉の言動を異常だと思う人間はいない。

『本家の嫁ってだけで窮屈だし、遊びに行ったり飲みに行ったりできないのも無理～。恵那みたいにおとなしくって主張しない女がぴったり。はい、決まり』

恵未姉さんの言葉に、なんと答えたものか考える。いくらなんでも押し付けだ。このままますんなりと受け入れるのは嫌だった。

するとそれまで黙っていた母が口を開いた。

『貴恵は花満グループ内で立派に働いています。恵未は大学生活を頑張っています。恵那、あなたには何もないでしょう』

突き放すような口調だった。私を見ているようで見ていない目だ。冷たい無機質な目。

『姉妹の中で、なんの役にも立たない残り物の役立たず。今日までこの家に寄生していられたのは、家族の恩情でしょう。その家族のため、厄介者なりにできることを考えられないのかしら。少しは家族の役に立ちなさい』

ああ、と心の中でつぶやいた。

母に愛されたかったわけではない。当の昔に実母との関係は諦めている。

それでもここまで邪険にされるのは悲しかった。残り物、役立たず。仮にもあなたの血を分けた娘なのに。

ここが心折れた瞬間だったのだろう。私はうつむき、聞こえないくらい小さく嘆息した。

(どっちみち、家は出るつもりだった)

自分で働いて生きていくのは、新たな人生をつかむためのステップ。しかし考えてみれば、ことあるごとに両親や姉らに『育ててあげた恩』を口にされては自由などないに違いない。

(考え方を変えよう。本家にお嫁入りしてしまえば、私は〝恩〟を返したことになる)

人嫌いの不気味な当主がどういった人なのかはわからない。生きたままお墓に入るような結婚がどんなものかもわからない。さらにその人との子どもを望まれているという現状に恐怖もある。

それでもこの先、祖母を看取った後も才条家に関わり続けるよりはいい。祖母以外に、大好きな人などいないのだから。

『わかりました。白花家に嫁ぎます』

私は短く答えた。姉らは馬鹿にしたようににやにや笑っていた。父は聞き分けのない娘をようやく説き伏せて満足という顔をしていた。母はもう席を立っていた。

〝一番若くて健康な末娘を嫁がせる。末娘が余命いくばくもない祖母の最期を看取ってから家を離れたいと言っているため、嫁入りは少し待ってほしい〟

父は白花家にこう説明したようだ。

結婚を了承してからふた月後、祖母は病院で亡くなった。最期を看取ったのは私ひとりで、祖母は私を孫だと認識していたかもわからない。それでも祖母の手を取って、旅立ちの瞬間に立ち会えてよかったと今でも思っている。私はたったひとりの家族を失った。

その翌月の今日、悲しみも癒えぬまま、私は白花家の嫁となったのだ。

十月の曇り空の下。

＊＊＊

「奥さま……奥さま……」

ふすまの向こうの廊下から声が聞こえ、私は畳に崩れるように寝落ちしていたことに気づいた。ここは応接間になっている和室。私室でもないのに、緊張感から解放されて眠ってしまうなんて子どもみたい。響一郎さんが戻っていないようでよかった。初日から見られたくない姿だもの。

「は、はあい」

私は起きあがり、ふすまを開けた。廊下に膝をついているのはエプロン姿の中年女性だ。

「あと三十分ほどでお夕食でございます。その前にお屋敷の中をご案内するように、ご主人さまから申し付かっております」

「あ、はい。ありがとうございます」

秋の日はすでに暮れかかっている時間だった。電気がついた邸宅内をこのお手伝いさんに案内されて進んだ。

玄関、居間、台所、脱衣所に浴室。居間はかなり広い和洋室で、フローリングと畳のスペースがあり、ソファやテレビもあった。個人の厨房としてはあまりに大きい台所は板の間で、ダイニングテーブルも置かれてあるけれど、家族の食事は隣の和室に集って食べるそうだ。

他に応接間や客間として使えそうな和室が四部屋。洋室が一部屋。これが一階の全部。ひとりで住むにはあまりに広い。

「お二階に寝室と奥さまのお部屋がございます」

二階にあがってみると、響一郎さんの部屋と思われる和室がひとつ。間続きの和室が寝室らしい。さらにその向こうに私の部屋。ここは洋室で、実家からの荷物が段ボールに入って積まれてあった。居眠りをせずに荷解きをすればよかったと今更ながらに後悔する。

他にも和室や洋室があるので、おそらくはもっと家族が多かった時代に使われていた部屋だろうと思った。

二階の廊下から敷地内の庭が見えた。これは先ほど寝落ちしていた和室からもふすまを開ければ見える。整えられた日本庭園は定期的に庭師が入るのだろう。その奥には温室があった。

「あそこでは何か育てているんですか？」

「ご主人さまに近づかなくていいと言われておりますので、わかりかねます」

お手伝いの女性はあっさりと答えた。それならば、私も近づかない方がいいかもしれない。

一階に下りると台所隣の和室に、お膳がぽつんと一台用意されてある。

「お召しあがりくださいませ」

私の夕食のようだ。響一郎さんはまだ戻っていないので、ひとりで食べることになるのだろう。

部屋を出ていこうとするお手伝いの女性に、慌てて声をかける。

「あ、ありがとうございます。ご挨拶が遅れましたが、恵那です。今日よりお世話になります」

すると女性は顔をあげ、なんとも微妙な笑みを見せた。馬鹿にしているというわけではないが、扱いに困るといったような顔だ。

「ご挨拶いただきまして恐縮ですが、私を始めとしたこのお屋敷の使用人五名は、本日をもちまして退職となります」

「え？」

「今日のお仕事がすべて終わりましたらお暇（いとま）させていただきます。失礼いたしました」

そう言うと、私の質問が終わる前に彼女は部屋を出ていった。

「ど、ういう、こと?」

私はすっかり混乱して固まった。いつまでそうしていても、答えが見つかるわけでもなく、用意されたお膳を首をひねりながらもそもそと食べたのだった。


お風呂をあがると、案内してくれた女性を含めた三人のお手伝いさんが邸宅を後にした。他のふたりのお手伝いさんも来なくなるらしいけれど、今後別のお手伝いさんが来るのだろうか。それとも、私がやるべきなのだろうか。明日からは私が自由にしていいと彼は言っていたけれど、これってそういう意味?

「……響一郎さんに聞いてみよう」

今日挙式をし、まだろくに会話もしていない私の夫となった人。少なくともこの家の差配は彼がしているはずなのだ。

「いつ帰ってくるんだろう」

会社に顔を出すということは仕事があるはず。彼が代表取締役を務める花満商事にいるのだろうか。結婚式の日も仕事だなんて多忙な人だ。

「案外、私は私で自由に暮らせるかもしれない」

家に寄り付かない人なら、私はこの邸宅で留守居をしていればいいだけ。絵を描いたり、読書をしたり、のんびり暮らせるならありがたい。

しかし、そんな私にもお役目がある。

「寝室で待っていた方がいいよね」

寝巻きにと出された浴衣(ゆかた)を着て、二階の寝室に入る。布団が二組、広々とした和室に敷かれてある。どう見ても夫婦の距離で。

ちょこんと手前の布団に正座をした。

白花家の跡継ぎを産むこと。そのための分家の花嫁だ。

結婚式の今日は初夜にあたる。

恋愛経験はないけれど、夫婦になったのだから身体を繋ぐのは当たり前。何しろ、子どもを作るためには必要な行為で、結婚に興味がなさそうだった響一郎さんもそれはわかっているはずだ。

そこまで考えて、頭がオーバーヒートしそうで布団に仰向けに転がった。役目とわかっていても、緊張するものはする。

「響一郎さん、私のことをどう思ってるんだろう」

なんとも思っていないだろうことは、わずかな対面でも伝わってきた。もし、想う人が他にいれば、愛される存在にはなり得ない。他人が嫌いなら、身体を繋ぐのも嫌々かもしれない。

しかし、身体を繋いで夫婦となれば、そのうち多少の情も湧いてくるのではないだろうか。

「いや、望み薄かも……」

跡取りのために子どもを三人作った私の両親はずっと不仲だった。冷たい空気が流れているし、お互いに同じ部屋にいることも少ない。

響一郎さんが父のような人だとは言わないけれど、似た未来もあり得る。

「人嫌いかぁ」

式の前後も、分家の当主らと楽しそうに懇談する姿は見られなかった。家のお手伝いさんたちも、響一郎さんに挨拶すらせずに去っていった。

私への接し方ひとつとっても、周囲の人と親しい関係を築いているようには見えない。

それでも、どうにか居心地のいい関係を築けたらいい。

今すぐは無理でも、いずれは。人嫌いな響一郎さんにとって、目障りではない存在にはなりたい。

私の努力次第でどうにかなるなら……。

考えているうちに緊張感は疲労にすり替わっていった。再び私は眠りに落ちていた。

どれほど時間が経っただろう。遠く、物音が聞こえた。それが玄関の開く音だと気づく。

私は寝ぼけていて、どこにいるのか一瞬わからなかった。

今日は結婚式で、ここは響一郎さんの家で……。

お出迎えをしなければと思いつつ、まだ頭はかすみがかかったようにぼんやりしていた。

のろのろと正座になったところで、ふすまが開いた。戸口にはスーツ姿の響一郎さんが立っている。

「待っていたのか？」

響一郎さんは冷たくも聞こえる声で尋ねた。

「……はい」

「それは夫婦の務めを果たすためか？」

尋ねられ、意識が一気に覚醒する。かーっと頬が熱くなった。手のひらに汗がにじむ。

「私がお嫁入りした理由は跡継ぎを産むことですので」

「……その通りだな。では、覚悟はできていると取る」

「え」

尋ね返す前に、響一郎さんの顔が目前にあった。膝をついた響一郎さんは私を覗き込み、顎に手を添えるとあっという間に唇を奪った。それは少女漫画で見たような可愛いキスシーンではなかった。いきなり深く組み合わされ、舌が挿入されてくる。

(これ……ディープキスだ……)

性的な興奮を煽るためのキス。粘膜がこすれ合い、生き物のような舌が私の口内をくすぐると、背中にぞわっとした感覚が走った。嫌な感触というより、経験したことのない感覚だった。

(結婚式で誓いのキス、なかった)

ファーストキスがいきなりのディープキスで狼狽する。しかしそんな暇もなく、激しいキスに翻弄されていく。

丹念に口腔を撫でられ、舌を絡められ、蹂躙され、私の身体は恐怖心からどんどん強張っていった。

（覚悟はできていたつもりだったのに）

男性とこれほど密着したことがない。顎をとらえ、腰を抱く腕の力強さが怖い。強引に激しく口づけられ、息もできないでいる。

一方で、キスを繰り返されるたびにびくんびくんと身体は揺れ、唇の狭間から甘い息が漏れた。身体の中心が疼く。おへその下あたりがそわそわする。

こんな感覚、知らない。自分の身体じゃないみたいだ。それがまたいっそう怖い。

響一郎さんは私の身体をすくいあげるように抱き寄せ、それから布団に横たえた。

「抱くぞ」

響一郎さんの黒い瞳には情欲の影は見えない。男性は、心がなくても行為ができると聞く。

（私だって、務めを果たすための嫁だもの）

こくんと頷き、私はぎゅっと目を閉じた。

二　白花家の嫁

響一郎さんの手が私の首筋に差し込まれた。浴衣の衿をぐっと開かれ、鎖骨から胸の谷間あたりまでがあらわになる。結わえていた髪はいつしかほどけ、布団に長く黒い糸のように広がっていた。

響一郎さんが首筋に顔を近づけ、うなじに近いあたりに唇を落とした。びくりと身体が揺れる。そのまま耳朶を食まれ、ゆっくりと舌でなぶられる。

「んっあっ、やっ」

思わず声が漏れた。快感なのかもわからない。未知の感触に戸惑う心と震える身体。それなのに、私の内側が今の状況を肯定している。

身の内にこれほどの不一致が起こるものなのだろうか。

再び唇を奪われ、声も唾液も吸いあげられてしまう。キスをしながら、彼の大きな手が浴衣の上から私の胸に触れた。捏ねるような触れ方にぞくぞくと背筋を何かが這いあがる。

乱れた浴衣の裾からふとももまであらわになった脚。響一郎さんの手が内ももに触れ、さらにその奥に。

怖い。

そう思った。

覚悟していたつもりだったのに。白花家の嫁として、夫に抱かれ、身ごもるのは何より大事な仕事なのに。

「恵那……」

気づけば響一郎さんは私を上から見下ろし、動きを止めていた。

「え……あ、……っ」

私は泣いていたようだ。鼻が痛くて、目が熱い。こめかみには幾筋も流れ落ちた涙の雫(しずく)を感じる。

響一郎さんがふうと息をついて、私の上から退いた。

「まだ、ほんの子どもだったな」

その言葉は落胆に聞こえた。

私は飛び起き、半泣きの状態で響一郎さんの前に土下座した。

「申し訳ございません！　取り乱しましたが、もう大丈夫です。続けられます！」

「恵那は二十歳だったな。失礼なことを聞くが、今まで異性と情交を結んだことはあるか？」

「い、いえ。……経験がございません。不慣れで申し訳ありません」

恥ずかしいけれど、おどおどと謝る。このまま初夜失敗では、早速嫁の役割を果たせない。

「そういう話をしているのではない。性行為は女性の方が心身ともに負担が大きい。初めてならなおさらだ。無理をするな」

「でも……！」

「今日はもういい。眠りなさい」

そう言うと、響一郎さんは私をどかして掛け布団をめくり直し、横たわるように言う。掛け布団を上からかぶせて、労わるように肩をぽんと叩くと立ちあがった。

「風呂に行く。先に寝ていていい」

そう言って、響一郎さんは寝室を出ていった。

布団にひとり残された私は新たな涙があふれてくるのを感じた。大失態だ。初夜で泣いてしまうなんて。

響一郎さんは気遣ってくれたけれど、内心は呆れていたに違いない。拒否されて嫌な気分にもなっただろう。

せっかく、私をお嫁さんとしてもらってくれたのに、『期待はずれ』『他の女性の方がいい』と思われていたらどうしよう。

愛想を尽かされて離縁となれば、実家の才条家はどれほど私を怒るだろう。父の進退にも影響が出るかもしれない。家族に愛情はないが、迷惑をかけてまた罵られるのは気鬱だった。

実家に居場所はない。居場所を作ろうと覚悟して嫁いできたのに、私は馬鹿だ。

泣いているうちに眠りに落ちていたようだ。

その晩、私が見た夢には祖母が出てきた。私は子どもで、祖母の膝の上でみかんを剥いていた。

『汁をこぼすんじゃないよ。ほらほら、口の周りをお拭きなさい』

祖母はきついところがあったし、しつけも厳しかった。だけど、いつも私を膝にのせてくれた。ぎゅっと抱きしめてくれた。私の描く絵を何度も褒めてくれた。

『恵那、あんたはのんびりしているけれど、別にそれは悪いことじゃない。自分の気持ちを大事にね』

祖母の言葉がわんわんと頭に響く。夢の中の私は子どもなのに、なぜかもう祖母が亡くなっていると理解していた。

『おばあちゃん、会いたいよ』

そう言ったら目が覚めた。夜は白々と明けていて、隣の布団では響一郎さんが静かな寝息を立てていた。


早朝五時、私はそうっと起きだし、横で眠る響一郎さんを起こさないように寝室を出た。

階下に下りると、邸宅内はしんと静まり返っている。

「本当にお手伝いさんも誰も来てない……」

響一郎さんは何時に起こせばいいのだろう。お食事はどうしよう。シャワーは朝も浴びる方だろうか。朝のお仕度でお手伝いすべきことはなんだろう。

あれこれ考え、台所と食堂の間、居間をうろうろと歩き回った。

とりあえず目についたやかんで湯を沸かし、その間に雨戸を開けた。幸いにも縁側に面した雨戸はすべて近代的な引き戸タイプで、私ひとりでも開けることができた。この邸宅自体は古いものの何度も改修を入れているようで、こういった雨戸や縁側、玄関や水回りなどは新築にも見えるくらい綺麗だ。

昨夜お手伝いさんがテーブルに出して乾かしてあった急須で、お茶を淹れることにする。

準備をしていると、とんとんと階段を下りる音が聞こえてきた。

廊下から台所に姿を見せたのは響一郎さんだ。

「お、はよう、ございます」

つっかかってしまったのは、昨晩のキスが頭をよぎったからだ。さらにはその後の初夜失敗事件が思い出され、いたたまれない気持ちになった。

しかし、響一郎さんは気にしている様子もない。そもそも視線が合わないのだ。

「おはよう。お茶を淹れてくれたのか」

「あ、はい。その……響一郎さん」

「なんだ」

彼は台所にセットされたダイニングチェアに座り、盆の上の湯飲みを手に取って口に運んだ。居間まで持っていこうと思ったのに。

「お手伝いの方が、昨日で全員退職されたと……」

「ああ」

短く返事をし、響一郎さんは窓の方を見る。私に視線は向けない。

「もともと分家の者が勝手に雇った使用人たちだ。『奥さんをおもらいになったのだから不要でしょう』と今回も勝手に引きあげた。妻を使用人程度に考えている頭の連中だ。気を悪くするな」

響一郎さんはそれらすべてに興味がなさそうな様子で言い、それから思い出したように私を見た。

「朝食がないのか。少し待っていなさい。米を炊くから」

「教えていただければ私がやります！　響一郎さんはご出勤の準備があるのではないですか？」

「充分、間に合う。それに、この家のことはまだ何もわからないだろう」

そう言って響一郎さんは立ちあがった。台所に入ると米袋を探し出し、空になっていた米びつに満たす。ざるに取ってしゃきしゃきと洗い始めた。

私はもう真っ青だ。初夜失敗どころか、朝食まで任せてしまっている。

「あの、私に何かお手伝いできることは……」

「今はない。家事は追々覚えて、できる範囲でやってもらえれば助かるが、俺もひと通りできる」

炊飯器をセットしてから彼は振り向いた。

「とはいえ、平日は恵那に任せることが多いだろう。使用人はいた方がいいな。いずれ正式に雇うが、祖父の家のベテランに臨時で来られないか声をかけてみる」

「大丈夫です。ひとまず私ひとりで頑張ります！　家事手伝いはずっとしてきましたから。分家の方々も私がすればいいとお考えなんですよね」

ここで何もしないでいたら、いよいよただ飯食らいになってしまうように思えた。たとえ、響一郎さんがそうは思っていなくても。

「食事の準備や、お掃除、他にもやるべきことがあればご教授ください。私、やります！」

宣言してから、どうして昨日までの人たちが辞めていったのか今一度考えた。せめて私に引き継ぎする期間くらいあるのが普通ではなかろうか。これではまるで嫌がらせみたいだ。

「あの、昨日いらしたお手伝いさんにもっと色々聞いておけばよかったのですが……。すみません、最初から響一郎さんにお伺いすることになってしまって」

「……分家の筆頭がどこか知っているか」

響一郎さんが不意に言い、私はうろたえながらも頷いた。質問の意図はわからなかったが意味はわかる。

「藪椿家と野分家です」

分家筆頭の藪椿家、野分家は初代当主の子の家系で、代々本家と縁戚関係を強固に結び、白花家を支えてきたと聞く。本来は末席の才条家ではなく、この筆頭二家から花嫁が選ばれるのが自然なのだ。

「花満グループでも、俺が直接管理しているのは花満商事のみ。すべての企業の経営状況は把握しているが、物流は藪椿家、運輸は野分家が仕切っている。連中は、若輩の俺が白花家当主として君臨するのを面白く思っていない」

「え、え、……そんな」

「隙あらば引きずり下ろしたい、花満グループの実権を握りたい。藪椿家も野分家も虎視眈々と狙っている。手が足りないでしょうと使用人を勝手に送り込んだのも、俺の内情を知りたいからだろう。露見して困ることもないので放置していたが」

つまり昨日までいた使用人の女性たちは、スパイみたいなものだったということ？

想像以上にどろどろしたお家事情があるようだ。

響一郎さんは冷蔵庫から卵を取り出してきて、フライパンをコンロに置いた。

「藪椿家は、俺が恵那を娶ったことも面白く思っていない。白花一族とは縁もゆかりもない血筋の娘を養女にして、俺の花嫁候補に推挙したくらいだ」

「そうだったんですか？　私、全然知りませんでした」

貴恵姉さんが言うには、年頃の女子は私たち三人だけとの話だったけど……そうか、養女を使ってまで本家の当主を懐柔したかったのか。

「祖父は一族主義だからな。分家の正統な血でないと駄目だと言い渡して、結局俺の妻は才条家の娘と決まった。藪椿家や野分家の影響が少ない家という考えもあったんだろうが。そうして、恵那が来たわけだ」

響一郎さんはなんの気なしに喋っているけれど、私はいっそう昨晩の失敗が思い出されてしょんぼりしてしまう。それなら、やはり私の役目は重要だというのに。

気落ちした私に関心を払わず、響一郎さんは大根を取り出して手早くおろすと、慣れた手つきで卵を割り、かき混ぜる。玉子焼き用のフライパンで少しずつ巻きながら焼いていく。並行して味噌汁も作るのだから、本当にいい手際だ。絶対に家事をやり慣れている人だ。

早炊きで炊いたお米が出来あがる。

「簡単で悪いが」

「す、すごいです。響一郎さん」

味噌汁とごはん、大根おろしつきの玉子焼きと冷蔵庫から出してきた漬物。あっという間に朝ごはんの完成だ。

「明日から……ではなくて今夜から、お食事は私が！　お洗濯やお掃除も頑張ります」

「無理はしなくていい。それは昨晩のこともだ」

響一郎さんは箸を手に取り、こちらを見ずに言う。昨晩のこと、というワードでぎくりとした。

「きみも好きで十も年上の男のもとに嫁入りしたわけではないだろう。嫁の務めを果たせとは言わない」

「ですが……」

縁あって夫婦になったのだ。夕べの失態は挽回したいし、響一郎さんさえよければ、夫婦らしく暮らしていきたいと思っている。何より、跡継ぎ問題は白花家には重要な事項だとあらためてわかったところだ。

「なるべく自由にしていてくれ。俺も干渉しない」

響一郎さんはあっさりと言った。拒絶されているような雰囲気があるのは気のせいだろうか。

「私は……」

「俺は分家の人間を信頼できない」

私はぴたっと動きを止めた。

厳しい口調ではなかった。ただ、重みのある言葉だった。

「それはきみでも同様だ」

唇を噛み締める。面と向かって信頼できないと言われ、信頼してほしい、とぬけぬけと言えるだろうか。少なくとも私は言えない。

胸がじわじわと痛みを覚える。母に『好きになれない』と言われたときを思い出した。

「きみを嫌いだと言っているのではない。ただ、互いにいい距離でいよう。跡継ぎのことは当面保留でいい」

「……はい」

私は小さく頷き、ショックを隠して箸を手にした。

響一郎さんの作ってくれた朝ごはんはとても美味しかった。だけど、涙をこらえていると、飲み込むのが大変だった。

響一郎さんは食後に温室を見に行き、その後は自分で仕度を済ませて仕事に出かけていった。

私はひとり、この家にいる。

白花恵那。この白花家の嫁。

結婚翌日に、夫に信頼されていないことが判明した形ばかりの妻。

「……と、落ち込んでばかりいても仕方ないよね」

私は一念発起し、早速邸宅の掃除に取り掛かった。

響一郎さんの言葉はショックではあったが、彼が人嫌いで陰鬱な男であるというのは姉らから聞いていた。予想通りの人であったというだけだ。

「妻なら嫌われないなんてことはないでしょう」

愛されなくてもいい。そう考えながら、頭のどこかで仲良く暮らせる未来を模索していたのかもしれない。私の両親のようになるまいと努力したかったのだろう。

そこが間違いなのだ。そもそも私は彼の嫌う分家の人間で、出自は変えようがない。

それでも、彼は私をここに置いてくれ、距離を保って暮らそうと言ってくれている。

充分な言葉をもらったじゃない。

実家の才条家に留まっていれば、もっとつらかった。祖母のいなくなった才条家で、私はただの邪魔者だ。よしんば家を出られたとしても、才条の姓を名乗る限り、実家との縁は切れない。

私は白花恵那。もう才条の人間じゃないし、お嫁にもらってくれた響一郎さんに感謝こそすれ、恨みや寂しさなんて感じてはいけない。

母が父を恨んだように、響一郎さんに執着を抱いてはいけない。

気持ちを切り替え、私は掃除を進める。

広々とした邸宅を掃除するのは大変だ。考えてみたら響一郎さんと私しかいないのだから、日々使う場所は限られている。そこを毎日掃除し、閉め切りになっている他の部屋は少しずつ日替わりで掃除していけばいい。

庭園の庭木はさすがに庭師が定期的に来ている様子なので、玄関と合わせて掃き掃除だけで終わらせた。庭の片隅の温室には緑が見えたが、何もしなくていいと昨晩お手伝いさんも言っていた。

昼過ぎに買い物に出かけた。都内ど真ん中の一等地とはいえ、スーパーはどこにでもある。山手線（やまのてせん）の内側は駅と駅の間も近く、少し歩けば下町めいた地区に出た。才条家は大田区（おおたく）の閑静な住宅地だったので、下町めいた街並みや商店は新鮮だ。

当面の食品を、と思ったけれど、私ひとりで持ち運べる量にも限界がある。夕食と明日の朝食の材料だけ買って、帰宅した。

響一郎さんが何時に帰宅するのかをまったく聞いていなかった。それでも、夕食はいらないとは言われていないのだから作ってしまっていいだろう。

初日は、好き嫌いが少なそうなカレーにした。

「響一郎さんが食べなかったら、明日の私のお昼にしよう！」

自分を鼓舞するように言ってカレーを作る。いつもの祖母の好みで甘口のルーを準備してしまった。冷蔵庫を探すと、唐辛子パウダーが見つかったので、もし辛みが足りなかったら調整してもらおう。

サラダも作り、一応これで準備はできた。

時刻は十六時。

「響一郎さん、まだ帰らないよね」

荷解きをしておこうと、与えられた二階の部屋へ入る。

「あー、スケッチブック、なくなりそう」

まず取り出したのは鉛筆とスケッチブックだ。私のささやかな趣味は植物や動物の絵を描くこと。鉛筆画を始め、色鉛筆や水彩絵の具で着彩することもある。

姉らと遊べなかった私は、絵を描いてひとり遊びをしていた。そして出来あがった絵は必ず祖母に見せた。祖母はいつも『恵那は絵描きになれるね』と褒めてくれた。

大切な思い出だ。

「ちょっとだけ、描いちゃおうかな」

荷解きを始めようと思った矢先だけれど、スケッチブックの残り一ページを埋めたくなってきた。明日の買い物で新しいスケッチブックを買うとして……。

気づけばフローリングにスケッチブックを広げ、鉛筆を手にしていた。

背を丸め、這いつくばるようにして絵を描く。

描き始めたのは菊の花だ。少し前に実家近くの区民会館で菊の花の展覧会をやっていた。見事な大輪の白い菊を思い出しながら描く。

この〝思い出しながら描く〟という作業が、私は少し人と違うらしい。

私の脳には見たものを画像としてストックしておける場所がある。覚えようと決めたものをそこに記録する。思い出したくなったら、そこから一枚画像を取り出し、頭の中に展開するのだ。それを見たままに写し取るだけ。

だから、私は写真や実物をその場に置かなくても、記憶を頼りに絵が描ける。

もちろん絵の技術はこの記憶力とは別なので、写真のような絵が描けるわけじゃない。強いて言うなら細部は正確に描けるというくらい。

さらにこのストックも何百枚と保存するのは無理だ。直近のものは取り出しやすいが、数年前となるとよほど印象に残ったことでないと難しい。

実はこの能力、学校のテストでは大活躍だった。暗記物は教科書やノートを映像で覚えればいいのである。

ただ中学生の頃、それで満点をいくつも取ったら、親にも教師にもカンニングを疑われてしまった。祖母は『この子は変わった記憶力があるんだよ』と擁護してくれたけれど、両親は信じなかった。

(だから、丸暗記するのはやめちゃったんだけどね。もしくは、わざと間違える部分を作ったり)

実際、公式を覚えているだけでは解けない数学の応用や、英語のリスニング、国語の記述問題などは人並みだったので、真ん中より少し上程度の成績を常にキープしていた。

(もう、学校の勉強は気にしなくていいし)

鉛筆を走らせながら思う。響一郎さんと仲良くできるかはわからないけれど、こうしてひとりの時間が持てるのはありがたい。

時間が経つのも忘れて、絵を描いた。やがて、玄関が開く音でハッと顔をあげる。

響一郎さんだ。

慌てて階下に下りると、靴を脱ぐ響一郎さんがいた。

「おかえりなさいませ。お風呂とお食事の準備ができています」

「先に食事をいただく」

時刻は二十一時半、お腹が空いているに違いない。

慌ててカレーを温め、サラダや小鉢などをお膳に用意した。家の中では和装のことが多いようで、着流し姿の響一郎さんが台所に顔を出す。寝巻きの浴衣とも違って、なんとも色香があってどきりとしてしまった。

「今、お隣のお部屋にお持ちします」

台所横の食堂の間で待っていてもらい、お盆にのせた食事を運んだ。昨日、私はお膳台を使ってひとりで食べたけれど、今日は片付けてあった立派な木目の座卓テーブルを出してある。

今朝はイレギュラーで台所のダイニングテーブルで食べた。おそらくあのテーブルはお手伝いの人たちが使っていたもので、本来はここで食べているはず。

「どうぞ。お口に合えばいいのですが」

「いただきます」

響一郎さんはそう言って静かに食べ始めた。箸や器を持つ所作のすべてが美しいのは、やはり育ちのよさだろうと感じる。

一方で、私が部屋の隅にいては食べづらいかもしれない。

「台所にいますので、お代わりなどおっしゃってくださいね」

「……ああ」

呼んでもらえれば台所に充分に聞こえる。私はダイニングテーブルで食後のお茶の準備をした。響一郎さんがお風呂に入ったら、私も夕食にしよう。

「恵那」

少しして声をかけられた。見れば、響一郎さんが食べ終わった器を手に、台所の戸口に立っているのだ。

「響一郎さん、お代わりはいかがですか」

「いや、もういい。うまかった」

「よかったです！　あ、お片付けは私がやります。お部屋にお茶を運びますので、食休みをなさってください」

そう言って大きな背中を階上に見送った。

驚いた。自分で食器を下げてきてくれるとは思わなかった。お手伝いさんたちにもこうして煩わせないように気を遣っていたのだろうか。家事もできる人だからあり得る。

「せめて、私には気を遣わないようになってもらわなきゃ」

今の私はこの家のお手伝いさんだ。妻としての役割は求められていない。自由にやりなさいと言われたのだから、自由に家のことを切り盛りさせてもらおう。余暇もあるのだ。

彼が入浴している間に手早く夕食を済ませ、明日の朝食の下ごしらえをして台所を片付けた。私も入浴をし、部屋を少し片付けると日付はとっくに変わっている。

足音を忍ばせ、隣の寝室に入る。響一郎さんは布団の中だった。

寝ているのかわからない。私はごくごく小さな声で「おやすみなさい」とつぶやき、自分の布団に入った。

翌朝は白米と味噌汁を準備し、塩鮭（しおざけ）を焼いた。梅干しをたたいて冷ややっこにのせる。納豆と海苔（のり）もセットにして、昨晩と同じように食卓に運ぶ。朝食は七時半と聞いていたので、ぴったりにしつらえることができた。

「恵那、きみは……」

食卓について、響一郎さんが何か言いかけた。

「はい、なんでしょう」

「いや、なんでもない。いただきます」

響一郎さんは無表情で朝食をとり始めた。何が言いたかったのかはわからない。

「それでは、私は台所にいます」

響一郎さんが箸を置き、私を見る。なんだろう。

私は首をかしげ、ついでに聞いておきたかったことを思い出した。

「あ、そういえばなんですが、今日はお庭の落ち葉を掃こうと思っています。温室の近くは落葉樹が多いので、あのあたりも掃いてしまっていいでしょうか」

「いや、いい」

響一郎さんは私に向けていた視線を食卓に戻す。もう興味はないと言わんばかりの様子だ。

「温室には入りません。周りだけです」

「いいと言っている。温室には近づくな」

怒っている声ではなかった。しかしぴしゃりと厳しい言い方に、私は固まってしまった。

「す、みません、でした。失礼します」

よかれと思って言ったものの、失敗してしまった。私は肩を落として台所に引っ込んだ。

新婚生活三日目も平穏だった。朝、響一郎さんとぎくしゃくしてしまったけれど、見送ると広い邸宅にひとり。私は掃除と買い物、食事の準備をした。

今日こそはと少ない嫁入り道具を片付け、昨日から描き始めた菊の絵に向き合った。静かに過ぎていく時間。

時折、祖母を思い出した。

最期の時期、祖母はもう誰のこともわからなくなっていた。祖母の命の灯が尽き、私は悲しみの中で安堵もしていた。祖母は様々なことを忘れ、機能が衰えていくのを恐怖していたから。祖母はもう苦しまなくていいのだ。

しかし、それは私にとってたったひとり、愛してくれた人との別れでもあった。

（お嫁に来ても結局ひとり）

私はこの先も、誰を愛することも、誰に愛されることもなく生きていくのだろう。

（絵を描こう）

描いている間は夢中になれる。趣味があって、私は幸せなのだ。

その日の夕方、響一郎さんは帰ってきた。昨日より早い帰宅だったけれど、食事の仕度はできている。

「豚の角煮を作ってみました。嫌いではないですか?」

「問題ない」

食卓に料理を並べて、彼が箸を持つのを待った。すると、響一郎さんが私を見た。例の、もの問いたげな視線だ。

「恵那、きみはいつ食事をしている」

尋ねられ、私はどぎまぎと答えた。

「この後に台所で」

「どうしてここで一緒に食べない。昨晩は遅かったから先に食べていたのかと思っていたが、今朝も今も、一緒に食べようとしない。俺と同じ食卓を囲むのは嫌か?」

「とんでもないです。むしろ、響一郎さんの気が休まらないのではないかと思いまして」

彼の嫌う分家の人間だ。なるべく居心地よく過ごしてほしいから距離を取っているだけである。それに、実家にいた頃も祖母がいなければひとりで食べていた。母の不快そうな顔を見るより楽だったからだ。

「恵那、きみは召し使いではない。俺の妻だ」

響一郎さんが言った。視線を合わせて言うわけではないけれど、気遣いの言葉だと感じられる。

「確かに分家の人間を信用できないとは言った。しかし、そこまで遠慮するな。ここはきみの家でもある」

それから……と言葉を切り、響一郎さんはようやく私をじっと見つめる。

「朝はきつい言い方をしてすまなかった。……温室の周囲を掃除するという件だ」

「あ、ああ……それは私が無神経で……」

「違う。あの温室は亡くなった母が管理していたものだ。今は俺と、専門の者が定期的に管理している。だが、きみに近づくなというのは、あまりに険のある物言いだった」

響一郎さんのご両親は、七年前に事故で亡くなったと聞いている。思い出の場所なのだろう。

「恵那の言葉に甘えようと思う。今度、時間があるときに周辺の落ち葉を掃いておいてくれると助かる」

どうやら響一郎さんは、私を傷つけたのでは、と彼なりに考えていたようだ。

（歩み寄ろうとしてくれてるのかな）

表情が乏しいのでよくわからないけれど、そんなふうに思ってもらえて嬉しい。思わずにっこりと笑ってしまった。

「承知しました！　明後日は雨らしいので、明日の午前中には落ち葉を集めます。濡れた落ち葉は重たいですからね」

明るい口調で言って、うるさかったのではないかと、慌てて口をきゅっとつぐんだ。

「食事も……一緒にとるのはどうだろう。俺もお代わりを頼みやすいし、食事の感想を言いやすい」

響一郎さんの黒い瞳が私を見ている。ずっと合わなかった視線が重なる。

ああ、やっぱりこの人の黒い瞳は夜の泉みたい。すごく綺麗だ。

人嫌いなのは事実かもしれない。分家の人間と距離を取りたいのも事実だろう。でも、一緒に暮らす私を気遣ってくれる優しさはちゃんとあるのだ。

「はい、ではお言葉に甘えて、ご一緒させていただきますね。お代わり、どんどんおっしゃってください！」

私は急いで自分の分をお盆にのせて持ってきた。さらに、角煮のお代わりを深めの鉢に持ってどんと出す。

「えへへ、実は自信作なんですよ。よければ、たくさん召しあがってください」

「ああ、いただこう」

響一郎さんはやっと箸を手にし、「いただきます」とつぶやいた。その表情は先ほどまでより穏やかで親しみやすく見えた。

新婚生活はこんな調子で不思議と穏やかに始まり、続いていた。

同じ寝室で休むが、触れ合うことはない。

食事は朝と夜は一緒に食べる。遅くなる日は、響一郎さんが連絡をくれる決まりになった。

私は家事をして過ごす。彼は仕事で家にはあまりいないが、必ず帰ってくる。休日も居間や自室で仕事をし、関連の雑務をこなしていることが多いようだ。

花満グループの総帥という立場は、おそらく私が思う以上の多忙さなのだろう。

私と響一郎さんが打ち解けて話すことはあまりない。まず、話題がないのだ。私は響一郎さんについて何も知らないし、彼も私に興味はないだろう。

ただ、食事だけは一緒にとるようにしているので、好きな食べ物はわかるようになった。響一郎さんは基本なんでも食べられる。私が出すものはぺろりとたいらげてくれるけれど、実は酢の物が苦手だと後々教えてくれた。

それなら最初から言ってほしいと慌てる私に、『きみの作る料理はうまいから問題ない』と真顔で答えるのだ。こんな瞬間は照れてしまう。

『次はお酢の加減をもう少し優しくしますね』と言えば『楽しみにしている』と言う響一郎さん。なんとも思われていないのは知っているけれど、彼の何気ない優しさに胸が温まる瞬間がある。誰かと暮らす安心感を徐々に思い出している。

結婚式から半月ほどが経った日のことだ。

すっかり寒くなった十一月のある日、響一郎さんがおじいさんに紹介すると言いだした。

「夏の暑さで体力が落ちて、ずっと臥せっていたんだけれどな。最近、具合がいいようだ。恵那の顔を見たいと言っている」

「私はもちろん構いません。むしろ、ご挨拶が遅れて申し訳ないです」

「いいんだ。祖父は弱っているところを他人に見られたくない人だ。本人が今だと言ったのだから、恵那は何も気にしなくていい」

その日は響一郎さんが早めに帰宅し、そろって徒歩で近くのおじいさんの邸宅に向かった。

白花松次郎翁は、響一郎さんの唯一の肉親。隠居していたそうだけれど、響一郎さんが花満グループを継いで二年ほどは、職務に復帰しサポートしていたと聞く。

松次郎翁の邸宅は白花本家の邸宅よりこぢんまりしていたが、築浅の日本家屋だった。隠居場所として建てたそうで、最初からおじいさんひとりが住む規模で考えて造ったらしい。

玄関に入ると、割烹着姿の中年女性が出迎えてくれた。

「響一郎さま、松次郎さまがお待ちです」

どうやら、この邸宅のお手伝いさんらしい。

「お邪魔します」

私は頭を下げて、靴を脱いだ。お手伝いの女性が厳しい目で私を見ているのでひやひやする。私、何かおかしなことをしていないだろうか。

掛け軸がかけられ、百合が活けられた床の間。その前に松次郎翁は胡坐をかいていた。年齢の割には体格が大きく、響一郎さんのがっしりした骨格が遺伝によるものだくる。

と感じさせた。顔立ちの彫りの深さと整い方も、響一郎さんの血縁であると伝わって

しゃんと伸びた背筋は九十歳という年齢より若々しく、とても少し前まで臥せって

いた人物には見えなかった。

「才条家の恵那さんだね」

おじいさんは言い、私を見た。真っ黒な目も、響一郎さんに似ている。

「はい、恵那と申します。はじめまして」

私は畳に手をつき、深く頭を下げた。

顔をあげると横で響一郎さんが言った。

「俺より十も年下ですが、よく気のつく気立てのいい女性です」

「ほお。分家嫌い、人間嫌い、女嫌いの響一郎が気に入ったか」

響一郎さんはおじいさんに心配をかけまいとそんなことを言っているのだ。私は狼

狽しつつ、否定できる立場でもないので、目を伏せ不機嫌に見えないようにかすかに

微笑んでおいた。

「藪椿家が、どこの馬の骨ともわからない女を響一郎の嫁に仕立てようとしたときは

怒ったが、恵那さんを見て安心した。若くて健康そうで、いい跡継ぎを産んでくれそ

うじゃないか」

おじいさんはにいっと笑い、響一郎さんを見た。

「響一郎が気に入っているのが一番いい」

「申し分のない女性と結婚できて、ありがたく思っていますよ」

真顔で言う響一郎さんは、全然そんなふうに思っていなそうで、私はいたたまれなくなった。

何しろ初夜は失敗しているし、響一郎さんに夜の夫婦生活は無理しなくていいと言われている。申し分のない女性ではない。

「恵那さん、白花家の跡取りを頼むよ。できたら、たくさん産んでほしいね」

「は、はい！」

跡継ぎを望まれて嫁入りしているのは自覚がある。行為に及べるかもわからないし、確実に妊娠できるかもわからない。赤ちゃんは授かりものだ。でも、おじいさんの立場なら面と向かってこう主張するのは仕方ない。

神妙な顔で返事をした私に対し、おじいさんの口調が少し変わった。

「私はひとり息子もその嫁も事故で亡くしてしまったし、孫も響一郎ひとりきりだ。私が死んだら、響一郎が寂しいからね。どうか、恵那さん、響一郎に家族を増やしてやってくれ」

面食らって私は黙った。

いや、正確には自分の、たった今までの先入観を恥じて、言葉を失っていた。

おじいさんは跡継ぎを急かしたかったのではない。響一郎さんのことを想って、子どもを産んでほしいと言っていたのだ。

「おじいさん、恵那も家族になってくれました。子どものことは考えていますが、まだ……」

「いや、急かして悪かったな。今日は顔を見られてよかったよ」

おじいさんは笑顔だった。その頬はこけている。

挨拶がここまで遅くなったのも、やはり老齢の衰えがあるのだ。心配をかけまいとしているのかもしれない。

挨拶は短い時間で終わった。帰り道も短い距離なので徒歩だ。

「祖父の言ったことは気にしなくていい」

邸宅を出るとすぐに響一郎さんが言った。感情のこもらない声音は、彼の本心がどうなのか伝わってこない。

「跡継ぎ……のことですよね」

「そうだ。きみに無理を強いたくない」

私は少し考えて、彼を見あげた。おじいさんの言葉がよぎる。響一郎さんに家族を作ってやってほしい、と。

「響一郎さん、あの、響一郎さんさえよければですが」

彼が私を見下ろす。

「いずれ……赤ちゃんのことは考えた方がいいのかな、と思います」

「産むのは恵那だ。そもそも、俺とそういうことができるのか？」

単純な疑問のように言われ、私は慌てて言い返した。

「で、できます！　経験はないですが、たぶん！　……響一郎さんは分家の私は信用できないかもですし、好きにはなれないとわかっています。だから……本当にあなたがよければですが」

「恵那がいいなら、俺はできる」

言いきられて、私は瞬時に顔に熱がのぼるのを感じた。そんなはっきりと。

でも、彼は初夜の際、私が泣かなければおそらくあのまま続行できたのだ。男性とはそういうものなのかもしれない。

「さっき、祖父の前できみを褒めたのは本心だ」

「え？」

「そんなゆでだこみたいな顔をするな」

響一郎さんがふっと口元を緩めた。それは初めて見るかもしれない彼の笑顔。かすかだけれど、今、笑ったの？

「きょ、ういちろうさん？」

「跡継ぎのことは前向きに考えるが、安心しろ。今日明日、いきなりきみを襲いやしない」

「お、襲っ……、いえ！　別に私は！」

「わかった、落ち着け。帰って夕食にしよう」

笑みを含んだ声で言い、彼は少し前を歩きだした。私は唇をぎゅっと結んで追いかける。

初めて見た響一郎さんの笑顔は、胸がきゅうっとなるくらい素敵だった。あまりに優しいので、思ったより嫌われていないかもしれないと錯覚しそうな笑顔だった。

三　少しずつ

響一郎さんと結婚し、瞬く間にひと月が経った。

晩秋の空は青々と晴れ、空気が澄んでいる。白花家の庭園でも紅葉は終盤で、毎日落ち葉を掃いても間に合わないくらいだ。

客間から見える庭園とは逆側に、物干し台や水道のあるスペースがあり、勝手口から出られるようになっている。日当たりのいい物干し台に、私は洗濯物をずらずらと干した。空気が乾燥しているので、あっという間に乾きそうだ。

「今日の夕飯は何にしようかな」

洗濯かごを手に勝手口から中に入りつつ、つぶやく。

さっと冷たい風を感じる今日この頃、私の気分は湯豆腐なんだけれど、男性にはあっさりしすぎているだろうか。

「鶏肉の和え物をつければ、ボリューム出るかな」

マイペースに家事に取り組み、空いた時間で絵を描く。そんな毎日は穏やかで、私にはやっとたどり着いたゴールのようにも思われた。

今までの人生は常に家族の目があった。今、私が関わるのは響一郎さんだけだ。

響一郎さんはほとんど感情を表に出さないし、私のことをどう思っているか、やっぱりよくわからない。だけどひと月暮らしてみて、互いに生活のリズムを合わせ、少しでも会話をしようと気を遣い合っていると、不思議なもので妙な連帯感が生まれてくる。

分家の人間である私を完全に信用はできないのだろうけれど、彼は私に対してとても紳士的で優しい。以前、おじいさんの前では私を気立てがいいと褒めてくれた。出会った頃よりは悪く思われていないかもしれない。

(人嫌いでも陰鬱でもない)

白花家当主という立場から、不穏分子と距離を取っているだけ。気を許しづらい性質なだけ。

(恵未姉さんが言っていたように不気味でもない。むしろ……)

響一郎さんは顔貌を見れば、とても美しくたくましい男性だ。恋愛に興味も希望も抱いていなかった私でさえ、彼の黒い瞳にじっと見つめられると胸が高鳴る。たまに肩や腕が触れるとどきんとする。

そういえば、失敗した初夜はキスをしたんだった。顔が熱くなってしまうので考えないようにしているけれど。

（でも、いずれそういうことをするんだよね）

おじいさんは、響一郎さんに家族を増やしてやってほしいと私に言った。その愛情がすごく伝わってきたし、私も嫁の務めとして赤ちゃんを産みたいとは思っている。

響一郎さんともいずれはと約束をした。

だけど、それから半月経っても、響一郎さんは私に何もしてこない。

（私が誘うべきなのかな）

初夜で泣いてしまった私が『どんとこい！』と誘えば、響一郎さんも……。

いやいや、そんなムードのない誘い方ってない。でも、しっとりと女性らしく誘うやり方がわからない。

もっと言えば、まだ覚悟が決まっていない。

身体を繋ぐって……私より若い子だって普通にしていることかもしれないけれど、わからないことすぎて不安。

「でも、考えてみたら響一郎さんがその気になってないってだけの話かも」

脱衣所に洗濯かごを置いて、思わず声に出してつぶやいてしまった。

鏡に映る自分は、どこからどう見ても平凡だ。ごくごく普通の顔立ち、凹凸の少ない身体。エプロン姿で化粧っ気もない今の姿は、色気どころか所帯じみて見える。

「その気にならないかあ」

私が男性でも、鏡の中の女子に性的魅力を感じないだろう。

いいや、急がなくていい。響一郎さんは私との夫婦関係を簡単に解消する気はないようだし、そのうち自然と距離が縮まるに違いない。むしろ、そう願わずにはいられない。


台所と居間を掃除し、夕方から部屋で絵を描き始めた。今描いているのは春に見た桜だ。

今年の春、祖母の体調がいいときにふたりで近所の公園でお花見をした。

『おばあちゃん、桜、綺麗だねえ』

公園のベンチは花見客で埋まっていたけれど、車椅子の祖母の横にしゃがみ、一緒に桜を見あげた。温かなほうじ茶を水筒に作っていって、寒くないように祖母にはダウンを着せて。

『桜が一等好きだよ』

祖母は言った。認知症の進んだ祖母だったけれど、たまに意識が清明になる瞬間があり、そうしたときは以前の祖母が戻ってきたようだった。

『来年も見に来よう』

そう言って顔を覗き込むと、祖母は少女のような素直さでこっくりと頷いた。叶わなかった約束だ。祖母は秋のはじめに逝ってしまった。

最初は花弁を。次に花全体を。それからひと枝。木を全部。

思い出して描いていく。スケッチブックにも描くけれど、今日はコピー用紙に鉛筆で描き、それらをローテーブルに並べた。春と祖母を思い出されてなんとも切なく、そして温かな気持ちになる。

眺めて、次は何を描こうか考えているうちに、私はうとうとし始めていた。

「……恵那、恵那」

呼ぶ声と揺さぶられる感触で目が覚めた。ハッと目を開けると、部屋は暗く、私の肩に手を当てて覗き込んでいるのは響一郎さんだった。

「うわ！　あ、あ、おかえりなさいませ！」

「具合が悪いのか？」

真剣な顔で見つめられ、私はぶるんぶるんと首を横に振った。

「だ、大丈夫です！　眠ってしまっていただけで！」

暗い部屋でも響一郎さんの顔が安堵に緩むのがわかった。

「それならよかった。帰ると連絡をしたとき、既読がつかなかったから、倒れているのではと部屋に入ってしまった。すまないな」

「いえ！　あ、お夕飯は湯豆腐で……お出汁の準備はできていますので、少々お待ちくださいね！」

「落ち着け。今、電気をつける」

寝起きで慌てている私を見かねたのか、響一郎さんが立ちあがって部屋の電気をつける。そこで私は自作の絵がローテーブルいっぱいに並べられているのに気づいた。

「これは……」

響一郎さんが一枚手に取ってしげしげと眺める。私は狼狽した。

「ちょっとした趣味で……」

「恵那が描いたのか。すごいな。上手だ」

響一郎さんがすっかり感心した様子で言い、私はいっそう焦った。

「いえ、全然たいしたことはないんです。どこかで絵を学んだわけでもないですし、自己流で」

「学んでいなくてこれほど描けるなら、やはりうまいだろう。桜、好きなのか」

「春に祖母と見た桜を思い出して描きました」

「思い出して？」

響一郎さんが妙な顔になる。テストをカンニングしたと言われたときのことを思い出し、一瞬不安な気持ちになったが、これは絵だし、響一郎さんなら嫌な勘繰りはしないだろう。

「私、その場面を写真みたいに覚えていられるんです。たとえばこんな感じで」

コピー用紙にラフスケッチのように描いてみせたのは、ひと月前の結婚式の神殿内部だ。響一郎さんも同じ場所にいたからわかりやすいかと思ったのだ。

響一郎さんの切れ長の目が見る間に丸くなる。表情の変化があまりない人なので、私の方が少し驚いた。

「映像記憶と呼ばれる能力か……。話に聞いたことはあるが、恵那がそんな才能を持っていたとは」

「そう呼ばれるものなんですか。でも、本当にたいしたことはなくて、記憶しておきたい場面をいくつか細部まで覚えているだけです。容量もたくさんあるわけではないので、古い記憶からどんどん消えていきますし。今はスマホのカメラが優秀ですから、特にあってもなくてもいい能力かと」

「卑下するな。すごい能力だ。現に俺はすっかり忘れている式場の様子まで、細部にわたって覚えているじゃないか」

響一郎さんは珍しく興味津々といった様子で私を見つめてくる。その真剣な黒い瞳が眩しくて猛烈に恥ずかしい。視線を合わせられない。

「他にも何か、好きなものを描いてくれないか。記憶の映像を頼りに」

夕食を先にした方がいいと思うけれど、響一郎さんがぐいぐいくるのが貴重すぎて、話の腰を折りたくない。

「恵那の好きなものでいい」

「それじゃあ」

私は鉛筆を手に、別のコピー用紙に向かう。あまり長く待たせられないので、またラフのように描くけれど、特徴はしっかりと押さえて……。

「できました」

「これは」

「祖母です」

好きな絵を、と言われて、祖母の顔が浮かんだ。一緒に桜を見た祖母の表情だ。

「ああ！　でも、響一郎さんは私の祖母の顔がわかりませんよね！　失礼しました！」

引き出しから遺影代わりのスナップ写真を取り出して見せると、響一郎さんはスケッチを見比べ感心したようにため息をついた。

「うまいな。そして、やはり写真を見ずに描けるのか」

それから私に視線を移す。

「おばあさんは先々月に亡くなられたのだったな」

「はい。家の都合ですが、四十九日のお弔いもできず、孫として申し訳ない気持ちです」

「寂しいだろう」

好きな人、として祖母を描いた私の気持ちを慮ったのか、響一郎さんが私の頬に大きな手を押し当てた。突然の接触に驚いたけれど、そのあまりに労わるような優しい触れ方に、胸がときめく。

「そうですね。可愛がってもらったので、まだまだ寂しい気持ちは消えないです」

そう言うと、少しだけ涙がにじんできた。普段は努めて考えないようにしているが、祖母がもうこの世界のどこにもいないというのは耐え難い寂しさだった。

響一郎さんは私の目を見て、かすかに頷いた。

「どれほど経っても痛む傷だ」

ああ、この人も大事な人を亡くしているのだ。今更ながらそう思った。ご両親が事故で亡くなったのは七年前と聞いている。

「恵那、もう少しいいか？」

響一郎さんが写真と絵を丁寧にテーブルに戻し、私の頬に押し当てていた右手で私の手をつかんだ。

「え、ああ、はい」

「一緒に来てくれ」

部屋を出て階下に下りる。一階の用事ではないようで、響一郎さんは玄関で革靴に足を突っ込んだ。私も慌ててサンダルを履くけれど、外へ行くならもっとちゃんとした靴の方がいいのではなかろうか。そもそも、今日は眉毛ひとつ描いていないノーメイクなのだけれど。

おろおろする私をよそに、響一郎さんの足は玄関の門扉ではなく、庭園へと向かう。応接間と縁側から見える日本庭園を越えて、たどり着いたのは例の温室だ。

周辺の落ち葉を掃いているけれど、あまり近づかないようにしているし、中を覗き見したこともない。

響一郎さんは私を連れて中に入ると電球のスイッチを押した。ぱっと明るくなった温室内には薔薇(ばら)を始めとした花々が咲き乱れている。間もなく冬本番の時期に、温室は暖かくいい香りがした。見事な光景に私はため息をついた。

「素敵。とても綺麗ですね」

「亡くなった母の温室だったと前に言っただろう」

響一郎さんは近くにあるスモーキーピンクの薔薇の花に触れた。

「これは母が一番好きだった品種だ」

「シックで上品な色ですね。アンティークドールみたいな雰囲気」

「葬儀のとき棺に入れてやりたかったが、生憎(あいにく)、花の時期じゃなかった。温室でも冬には花が終わってしまう品種なんだ」

そう言った彼の横顔は寂しそうで、胸がぎゅっと痛む。彼の痛みが私にはわかるからだ。

だけど、それを軽々しく言葉にしていいのかわからなかった。

「恵那、いつでもこの温室に入っていい」

響一郎さんがこちらを見た。

「え、いいのですか?」

「花たちも俺に見られているだけより、きみに描かれた方が嬉しいだろう。それに、恵那が描いてくれたら、時期を過ぎても俺も花を思い出せる」

心がじわっと温かくなるのを感じた。響一郎さんの言葉が魔法のように私にしみ込んでくる。

分家の女。形ばかりの妻。

だけど、今この瞬間感じ取れる。私たちは同じ痛みを知っているし、思ったよりもずっと近いところにいる。

彼はそれがわかったから、自分の大切な場所に入れてくれたのだ。

「ありがとうございます！　こんなにたくさんのお花を描いていいなんて、すごく嬉しいです！」

「描けたら、俺にも見せてくれるか」

「もちろんです！　……でも、響一郎さんが褒めてくださるほど上手ではないですよ」

「そんなことはない。恵那の絵が好きだ」

そう言って柔らかく頬を緩める響一郎さん。なんだか嬉しくて涙が出そうだ。

私の絵を褒めてくれたのは祖母。どんどん描きなさいと言ってくれた祖母。たったひとりの大事な家族。

私の新しい家族となったこの人も、私が絵を描くことを認めてくれる。

「急に引っ張ってきてしまったな。夕食を忘れていた」

「あ！　そうですね！　湯豆腐、すぐに出来あがります」

「ありがとう、恵那」

私たちは温室を出て、母屋に戻る。もう手は繋いでいないけれど、心はずっと近づいたような気がしていた。


祖母の四十九日は、私の結婚式の後に父がひとりで行ったと聞いている。葬儀も家族のみ。お弔いも法要も簡素なのは、両親や姉らと祖母に距離があったからだろうけれど、私はいまだにそれを寂しいと思っている。

お墓参りに行きたいと思ったのは、年末までにお墓の掃除などを済ませたかったからだ。おそらく実家の家族は管理を菩提寺に任せ、最低限のことしかしていないだろう。

「それなら、俺も同行しよう」

夕食の席で響一郎さんに相談すると、彼は一も二もなくそう言った。

「でも、遠いですし」

私が言い淀んだのは、響一郎さんが忙しい身だと知っているからだ。結婚して以来、なるべく私と夕食をとれるように気遣って、早く帰ってきてくれている。それでも、平日や土日に会食や接待も多い。懇意にしている企業のトップらとの会合があったかと思えば、有名政治家のパーティーに呼ばれることもある。

接待はされる側のようで極力断ってはいるらしいが、白花家の当主としてこの周辺の古くからの家との付き合いもあり、断りきれない場合もある。

そんな彼の貴重な休みを、祖母の墓参りに遠方まで付き合わせるのは申し訳ないのだ。むしろ、墓参りのために休みを作るという感じになりそう。

「遠いといっても、隣県だろう。車ですぐだ」

「ですが、私ひとりでも……」

「恵那の大事な家族だ」

響一郎さんは言う。

「きみは俺の祖父の話を真剣に聞いて、跡継ぎのことを考えたいと言ってくれた。俺の祖父を大事にしてくれていると感じた。俺もきみのおばあさんを大事にしたい」

まっすぐに私を見つめる響一郎さんが、心のうちでどんなことを考えているのか私にはわからない。視線はだいぶ合うようになったけれど、表情は相変わらず乏しいし、触れ合う機会はほとんどない。食事をともにする同居人という関係。

だけど、彼は私を大切な温室に招いてくれた。絵を褒めてくれた。記憶力をすごいと言ってくれた。

単純かもしれないけれど、私を認めてくれる響一郎さんに、私の胸は疼くのだ。甘く、切なく、疼く。

だから、彼が真摯な態度で私に接してくれると、嬉しくて都合よく解釈してしまいたくなる。

「あの……それでは……お言葉に甘えたいと……」

「決まりだな。日曜は朝早めに出よう」

響一郎さんはそう言って、自分の食器を持って立ちあがった。

「本当にありがとうございます」

「頼ってもらえるのは俺も嬉しい」

食器をシンクに置き、水で軽く流してくれる。その水音に交じって聞こえた。

「夫婦なんだから」

些細な言葉に頬が熱くなる。

どうしよう。響一郎さんのひと言で胸がきゅうっとする。私、変だ。

響一郎さんは、分家出身の私を信頼できないと以前言っていた。だけど、最近の彼は変わり始めているように思う。私が自意識過剰じゃなければ、の話だけれど。

日曜は、響一郎さんの運転で出発した。響一郎さんの車に乗るのは初めてだ。ガレージに外国車と国産車が計三台あるのは知っていたし、彼は仕事に車で出かけている。

「恵那は免許を持っていないんだったな」

「はい。免許を取る機会を逸してしまいまして」

祖母の通院に必要だった時期、私は学生でまだ免許は取れなかったし、いざ取れる年齢になったときには祖母の介護で家を離れられなくなった。祖母が入院した頃に取ればよかったかもしれないが、貯金もない私が両親に願い出ても無駄だっただろうと思う。

「今、少し時間があるなら免許を取るのはどうだ？　近所の買い物程度でも、車があれば便利だろう」

都心部に住んでいるとさほど車の必要性は感じないけれど、確かにお米などの重たい買い物のときにあれば便利かもしれない。

「響一郎さんのお迎えにも行けますしね」

響一郎さんは会食などでアルコールを摂るときは、車を会社に置いていき、タクシーで帰宅してくる。お抱えの運転手がいないからなのだけれど、そうしたときくらい私がお迎えに行ければ便利だ。

「いや、恵那にそこまでさせられない。遅くなる日は先に寝ていなさい」

響一郎さんは突き放しているわけではない。気遣ってそう言っているのだ。でも、私もそのくらいはしたいのだけれど。

「考えてみたら、結婚してもう少しでふた月だが、買い物に付き合ったこともなかったな。重たい荷物などは苦労したんじゃないか？」

「毎日細々と買い物をしていたので、そう大変でもなかったですよ」

「いや、俺の配慮不足だ。今後は、月に一度は買い物に車を出す。大きなものはそこで買ってくれ」

運転しながらそんなことを真顔で言う響一郎さんに、思わずふっと笑ってしまった。

「どうした？」

「いえ。響一郎さん、優しいんですもの」

響一郎さんは一瞬ちらりと視線を私にやって、それからフロントガラスに戻す。

「先日、頼ってくれと言っておいて、この体たらくだから反省しているだけだ。きみも嫁入り前に充分聞いているだろう。人嫌いの不愛想な男だと」

人嫌いというのは、分家と信頼関係が築けないからだろう。彼が話してくれたことを聞く限り、分家筆頭の藪椿家と野分家が響一郎さんの存在を面白く思っていない。懐柔したいと考えている。だから、彼はそれらを跳ねつけ、分家全体を信用していない。

「響一郎さんは、私にはすごく優しいです。気遣ってくださるし、一緒にいて緊張するようなこともないです。温室のお花を見る目も優しかったですよ」

「……それはきみだからだ」

一瞬言い淀んでから響一郎さんが口を開いた。

「分家の人間だときみをひとくくりにしたのを謝りたい。きみは違う。恵那といると俺は楽だ」

「え……」

「恵那を信頼したい」

真心のこもった言葉に、一気に顔が熱くなるのを感じた。彼が運転中であまりこちらを見ないのが幸いだ。恥ずかしいくらい赤くなっているだろうから。

ずっと引っかかっていた塊のような不安が、魔法のように消えていく。

（私だけは、響一郎さんの特別……。少しだけうぬぼれてもいいのかな）

愛し愛されることはないと思っていたのに、状況は少しずつ変わっていたのかもしれない。口元を押さえて笑顔と涙をこらえた。

「すごく嬉しいです」

「いや、もっと早く言うべきだった」

晴れ渡った空の下、車は隣県に向けて進む。

祖母のお墓があるのは、才条家の菩提寺の広い墓所。山ひとつ丸ごと墓地なので、まず手桶と柄杓を借りて水を汲み、車でのぼっていく。区画の駐車場に停めて降りた。

「掃除しちゃいます。響一郎さんは待っていてください」

「ふたりでやれば早いだろう」

そう言って彼は花立ての水を捨て、持ってきた箒で近くの木々から降ってきた落ち葉を集めだす。

「ありがとうございます」

私は雑巾で墓を拭きだした。晴れているとはいえ、冬の日だ。手はすぐにかじかむ。

それでも丁寧に磨き続けた。

祖母の墓に来たのは納骨以来初めて。土埃で汚れたお墓をどうにか綺麗にして年末年始を迎えたかった。

「おばあちゃん、もっと頻繁に来るからね」

仏花を飾り、線香を供え、手を合わせた。私の横で、響一郎さんも同じことをしていた。

「響一郎さんのご両親のお墓、お掃除はどうされていますか？　近いうちに行くのはどうでしょう」

「ああ、管理を寺に任せているが……恵那が一緒に来てくれるなら助かる」

考えてみたらふたりで出かける初めてのイベントがお墓参り。次もそうなるかもしれない。

渋いけれど、これもデートになるのかなと考える。

「お参りをしていきたいです」

アポイントはないので住職に挨拶はしないが、本堂に祀(まつ)られた本尊にお参りして帰るべきだろう。車で墓地の区画から移動し、菩提寺前の駐車場に停め直す。菩提寺は法要を待つロビーがあり、奥にお堂がある。ロビーに入ったところで思わぬ人たちに会った。

「恵那？」

「貴恵姉さん、恵未姉さん」

奥のお堂の方向からやってきたのは姉ふたりだ。菩提寺とはいえ、こんなところで遭遇するとは思わなかった。何しろ、姉ふたりが墓参りに来る姿がまったく想像できない。

「あんた、何しに来てんのぉ？　おばあさまのお墓参り？　感心ね～」

恵未姉さんの高い声は相変わらず嘲るように響く。貴恵姉さんが響一郎さんを数瞬じっと見て、それから頭を下げた。

「響一郎さま、ご機嫌よう。才条貴恵です。こちらは妹の恵未。いつも恵那がお世話になっております」

「こんにちは」

響一郎さんは低く挨拶を返し、むっつりと黙った。ようやく私には慣れてくれたけれど、基本、他人には壁を立てる人なのである。しかも分家の人間相手だ。

「貴恵姉さんと恵未姉さん、今日はなんのご用事で？」

「父さんのお遣いよ」

「私が免許を取ったからドライブを兼ねてね～」

ふたりは母の影響が強いので父とも距離がある。しかし、私を悪し様に言うことで自分たちの地位を確立していた過去もあり、父に楯突いたりはしていない。今日は嫌々お遣いで来たといったところだろう。

「お疲れさまです。おばあちゃんのお墓を掃除しました。よければ、お線香をあげていってください」

「嫌よ」

恵未姉さんが間髪入れずにぴしゃりと言った。その様子にはさすがに響一郎さんも驚いたようだ。

「私も貴恵姉さんも、おばあさまと仲良くなかったもの。行っても喜ばないって。恵那がお参りすれば天国のおばあさまも満足でしょ」

貴恵姉さんが響一郎さんに「失礼しました」と言い訳めいた言葉を挟み、それから言った。

「今日は忙しいのよ。また今度にさせてもらうわ」

そうしてもう一度、貴恵姉さんは響一郎さんを見る。

「不出来な末の妹がご迷惑をおかけしていないか心配です。いずれ、また家族でご挨拶にお伺いいたします」

「いや、心配には及びません」

響一郎さんは冷然と答える。

「恵那はよくやってくれていますから」

それ以上、何も話す気がないという様子が私からも見て取れた。

姉ふたりは私たちの横を通り過ぎ、恵未姉さんの新車で墓地を後にした。

おそらく姉らは帰りの車内で、響一郎さんが不愛想だったと言い合うのだろう。人嫌いの偏屈だ、噂の通りだと。

(別に、姉さんたちに響一郎さんのよさをわかってもらわなくていい)

だけど、響一郎さんを軽んじられるのは嫌だと思った。祖母を軽んじるように、私の愛する人を心で足蹴にするのは嫌。

お参りを終え、私たちも墓地を後にした。途中、コーヒーチェーンの路面店があり、響一郎さんが温かなコーヒーを買ってくれた。川の近くの店で、周辺は公園だ。休憩を兼ねて、コーヒーを片手に土手を下りた。

「恵那、こんなことを聞くのはどうかと思うんだが、きみはあまり家族と関係がよくないのか」

私と並んでベンチに座り、響一郎さんが尋ねた。私はなんと答えたものか迷った。家族の悪口を言いつけたようにはなりたくない。

「以前から思っていた。おばあさんの話は聞くが他の家族の話は出ない。それに、挙式の際、恵那の家族はあまりきみに関心があるようではなかった。今もだ」

響一郎さんは険しい表情だ。先ほどの姉らの態度が気になるのだろう。

「姉ふたりが失礼をしました」

「そうじゃない。俺は恵那への態度に苛立っている。久しぶりに会った姉の態度なのか、あれは」

俺は兄弟がいないからわからないが、と付け加えつつ、響一郎さんが私に顔を向けた。

「嫌でなければ、話してほしい」

「あまり聞いていて楽しい話ではないですよ」

「妻のことだ」

そこまで言われて話を濁せない。私は言葉を選んで話し始めた。

家庭を顧みない父、そんな父を嫌う母。父と祖母に似ているため母に疎まれたこと。姉ふたりより出来が悪く、両親から見放されて生きてきたこと。

「……進学も選べず、ヤングケアラー状態。……恵那、きみの環境は虐待されていたと言ってもいいくらいひどい」

話を聞き終えた響一郎さんは、怒りを押し殺した声音で言った。

「介護は私がしたかったので。祖母は大事な人でした」

「それでも、他の家族が介護を押し付け、恵那の未来を閉ざすなんてあり得ない」

言葉を切って、響一郎さんは自嘲的につぶやいた。

「その挙句が、本家の当主の嫁か……。十も年上で、人嫌いの暗い男の」

「違います！」

私はコーヒーを置き、響一郎さんの左手に右手を重ねた。思いきった行動だったけれど、私から触れたいと思った。言葉だけでは伝わりきらない気がしたのだ。

「確かに……三人の姉妹の中で私を、と決めたのは家族です。私に意見を挟む隙はありませんでした。でも……」

ぎゅっと手の甲から指を握り込むけれど、彼の大きな手は私の小さな手では包みきれなかった。

「私は……こうして一緒に祖母のお墓まで来てくれる響一郎さんと、結婚できて幸せです」

「恵那……」

響一郎さんが左手を返す。私と手を組み合わせるように握り返してくれた。

視線が交錯する。出会ったばかりの頃は滅多に合わなかった視線が、今は互いの気持ちを知りたいと重なる。

「俺は他人が嫌いだ。白花家に生まれ、善良な両親に育てられたのに、もとから猜疑心の強い子どもだった。花満グループの大人たち、分家の連中……本家にすり寄ってくるものはすべて嫌な存在だった」

私は彼の横顔をじっと見つめた。おそらく響一郎さんはすごく大事な話を私にしてくれようとしている。

「学生の頃から父の秘書として仕事を学んでいくごとに、いっそう他人が嫌いになった。欲得ずくの大人の付き合いが汚らわしかったのは、若さもあっただろう。優しい父が、ああいう連中に利用されないかいつも心配だった。……そんな折、両親が事故で呆気なく逝った」

響一郎さんの手の力がかすかに強くなる。私は同じように力を込めて握り返した。

「葬儀で、藪椿家と野分家の当主たちが言ったよ。『白花の当主が死んだ。僥倖だ』『残ったのは若造と年寄りだけ。これからは私たちの時代だ』とね」

「……ひどい、そんな」

「連中は本気でそう思っているんだよ。白花家を筆頭とした花満グループは強大だ。

恵那の父親も、仕事ばかりで家族を顧みなかったと言っていただろう。皆、この大きな巣の中で他の雛を蹴落として成長しようと目論んでいる人間ばかりなんだ」

響一郎さんは目を伏せる。長い睫毛が頬に影を落とした。

「嫌悪感から分家の人間と距離を取った。花満商事を父から引き継いだけれど、藪椿や野分に近い人間はすべてグループ内の他社へ追いやった。子どもみたいだと自分で思いながらも、祖父と自分と……両親が残してくれたものを守るために多くを拒絶した」

私とそう変わらない年齢のとき、彼はそうやって立つしかなかった。私にはきっとできない。そんな覚悟も行動力もない。

すると、響一郎さんが私を見た。黒い泉のような瞳は優しく細められていた。

「恵那は、俺よりずっとつらい思いをしてきた。実の家族に虐げられたというのに、俺のように性根が曲がってもいない。まっすぐで誠実だ」

「私には認めてくれる祖母がいたからです」

「俺にも支えてくれる忠臣たちがたくさんいたはずなんだ。今だって、多くの人間に支えられている。それなのに、俺は結局、自分以外は信頼しきれない人嫌いのままだ」

響一郎さんは両手で私の両手を包んだ。向かい合って視線が絡む。

「恵那を尊敬している。きみはすごい」

この人はひとりで立つために、他者を遠ざけざるを得なかったのだ。孤独に強くあるしかなかったのだ。そんな彼のために、私にできることはなんだろう。

「響一郎さんは、私を信用したいと言ってくださいましたね」

「……ああ」

「白花家の嫁として、あなたの妻として、もっともっと信頼に足る人間になります。あなたの心に寄り添いたい」

傷つき、壁を立てている孤高の人を支えたい。あふれるような優しい気持ちで包みたい。

具体的な案は出てこないし、精神論でしかないけれど、彼がくつろげる場所を私が作ってあげたい。

「私、響一郎さんと暮らし始めてから、毎日が楽しいです。響一郎さんにとって、私が気を抜ける存在になれたら嬉しいです」

「そんなふうに言ってくれるのは恵那だけだ」

響一郎さんは優しく微笑んだ。あまり見られない笑顔に胸がきゅうっと甘く疼く。

「恵那が花嫁として来てくれたのは、俺にとって一番の幸せだな」

「響一郎さん」

もし、ここが公園でなければ、私たちはこのまま唇を重ねていたかもしれない。経験の少ない私でも、そんなふうに感じた。

響一郎さんの視線は柔らかく、大事そうに私を見つめている。私もまた、嬉しさと芽生えたばかりのときめきを胸に彼を見つめている。

(私、響一郎さんに恋してる……)

確信がある。夫となった人に、私は初めての恋をしていた。

四　触れる

年の瀬も押し迫る十二月半ば、白花家には助っ人のお手伝いさんがやってきた。

「三橋(みつはし)と申します」

そう言って頭を下げたのは、真っ白な白髪をぴっちりとお団子に結いあげた小柄な老婦人だった。着物に割烹着を羽織っている。

以前、おじいさんの家で会ったお手伝いさんより年上だけれど、数段強者のオーラがある……気がする。

「祖父の家を切り盛りしてくれている家政婦頭だ。十日ほど手伝いに入ってくれるから、恵那もわからないことは聞くといい」

響一郎さんが言う。以前はおじいさんもこの邸宅にいたのだから、三橋さんは私よりはるかにここを知っているだろう。

私は頭を下げ、挨拶をした。

「恵那と申します。ご指導ご鞭撻(べんたつ)のほど、よろしくお願いいたします」

「奥さま」

三橋さんがつんとした声で言った。

「私を女中として仕込んでくださったのは、松次郎さまの奥方さまでいらっしゃいました。僭越ではございますが、奥さまには白花家のやり方をあらためて学んでいただきます」

昔、女中さんを抱えるような家は、その家の奥さまが差配をし、仕事を教えたと聞く。私は白花家では素人同然。三橋さんに教えてもらえる内容はきっと必要なことばかりだ。

「三橋、現代の家事は男女ともにやるものだ。恵那を無理に仕込もうとしなくていい」

響一郎さんが言うけれど、三橋さんはきりっとした目で現当主を見つめる。

「響一郎さまのおっしゃることはもっともと存じますが、そもそもの基本がわからぬ者が加減などできませんでしょう」

響一郎さんのことも孫同然に見てきているのだろう。一歩も引かない姿勢に、私は慌てて言った。

「この家の家事も、白花家の一年の行事も知らぬ身です。学ばせていただきたいです」

「恵那がそう言うなら。三橋、よろしく頼む」

響一郎さんはそう言って仕事に出かけていった。

お墓参りの一件から、私と響一郎さんの関係は少しだけ進展したように感じる。人間と人間の繋がりとして、絆が強まったというか……。

もちろん、それは恋愛を含んでいないので、寝室は一緒でも健全に寝起きしているだけだし、むやみに接触するようなこともない。

(私は好きだって気づいたけど……)

響一郎さんからしたら決められた妻。少しずつ心を開いてくれているのが嬉しいし、まずは彼の家族になりたい。

(恋じゃなくても、家族愛が生まれればいいな)

お互いがお互いを大事に思える関係になれたらすごく素敵だ。私にとって、今の家族は響一郎さんだけ。以前は諦めていたけれど、今は彼と円満な家庭を築く道筋が見え始めている。そんなふうに思える。

「さあ、奥さま、始めますよ」

「は、はい！」

三橋さんの号令で、私はエプロンの腰ひもを結び直した。

端的に言えば、三橋さんは鬼軍曹そのものだった。

七十代後半とは思えない足腰の強さで、邸宅中の床を雑巾がけするのだ。埃を払う肩や腕の伸びやかさも、棚を拭くてきぱきした動きも、同年代の女性よりはるかに若いだろう。

『奥さま、隅が拭けておりません』

『奥さま、窓のサッシは細かなゴミをかき出してからです』

『その調子では終わりませんよ』

初日からがっつりと掃除をしたけれど、まだ半分ほどで基本の部分だけ。広い邸宅すべてを細々とした部分まで掃除と思ったら、数日はかかるだろう。

教えながらでも、ペースが速い。これで覚えきってしまいたいので、私もメモを取りながら何度も食い下がって聞く。

響一郎さんに頼りにされる妻になりたい。私が完璧に白花家を差配できるようにならなければ。

三橋さんはすべての手順に無駄がない。昼食にはさっとおそばをゆでてくれたり、おにぎりを握ってくれたり。お茶の休憩も、用意から片付けまでが流れるようだ。

食事や休憩のときには講義も入る。

「奥さま、覚えることも多くございます。白花家の歴史、白花家の歳時記の催し、白花家の嫁としての責務、心構え」

「はい、よろしくご教授ください！」

あくまで使用人として私に教えてくれている。厳しいけれど、実のある実地研修だ。

三橋さんはあまり笑わない。口調は丁寧で、私がミスをしようが遅れようがじっと待っている。ひと言『いけません』と言われる。

怖いけれど、私は三橋さんをすぐに好きになった。

実直な人は愛想笑いができない人も多いのだ。祖母がやはりそんな人だった。母とうまくいかなかったのも、そういうところがあったから。三橋さんといると、祖母と過ごした時間を思い出す。

こうして師走の数日間、私は大掃除や嫁修業に励んだのだった。

「響一郎さん、まだお仕事ですか？」

間もなく仕事納めという日である。普段は床につく時間なのに、響一郎さんがなかなか寝室にやってこないので、私は彼の私室に向かってふすま越しに声をかけた。寝室と彼の私室はふすま一枚で仕切られているのだ。

「ああ……」

「お茶を淹れますね」

やることの多い人だけれど、年末年始くらいは休めるといい。そんなことを考えながら、階下でほうじ茶を淹れて持ってくる。

「失礼します」

私室に入ると、響一郎さんは文机に書類をたくさんのせて何か書き物をしている。

「年賀状……はもう手配済みですよね」

「ああ。これは年始にある花満商事主催の梅見会の招待状だ。梅見会とは名ばかりで、新年の挨拶パーティーのようなものだがな」

どうやら、響一郎さんは招待状に一筆手書きのメッセージを入れているようだ。

私が驚いている様子を見て「年に一度のことだ」と言う。おそらくはパーティーに招く人たちは花満商事にとって大事な取引先や、友好関係にある方々なのだろう。

「恵那さえよければ、きみも顔を出してほしいと考えている」

「パーティーにですか？」

「妻を娶ったと紹介したいからな。……もちろん、きみが嫌なら無理強いはしない」

「私はいいんですけれど、響一郎さんのお隣に並ぶにはあまりに子どもっぽくて釣り合わないような気がします」

苦笑いで答えると、存外真面目な響一郎さんの視線とぶつかった。

「恵那は子どもっぽくはない」

「いえいえ、そんな」

「本当だ。もっと言えば、嫁いできてくれた日より日ごと綺麗になっていくように思う」

真摯に言われ、私はかーっと顔が熱くなるのを感じた。

「花と一緒だ。蕾の先が緩み、花びらが開き始める。今の恵那はそんな瞬間に見える」

「響一郎さん！　どうか、そのへんで」

「……何か嫌なことを言ったか？」

「違います。ただ、恥ずかしいだけで……」

そんなふうに褒めてもらえるような容姿でもない。姉らは母に似て、女性的な魅力にあふれる人たちだ。私は取り立てて褒めるところのない容姿なのだ。

しかしそれを言えば、響一郎さんはもっと『そんなことはない』と言ってくれるに違いない。

恥ずかしくて目をそらしたところに、響一郎さんの文机がある。ふと、気になった。

「響一郎さん、住所録ですよね。そのデータは」

「ああ」

プリントアウトされた住所録に違和感を覚えた。先日、年賀状を響一郎さんが手配したときに、送る人の住所録を目にしていた。今ここにあるデータの幾人かが被っている。

「あ、わかりました。この方とこの方、住所が逆です。あと、この方の漢字が違います」

響一郎さんが目を丸くし、コピー用紙を手に取りしげしげと眺める。

「本当だな。実はこのデータは新しい秘書のひとりに作成させたものなんだが、俺も気づかなかった」

宛名は印刷だ。名前を見て一筆書いていても、住所が違うところまでは気づかないだろう。

「よろしければ、確認します。年賀状のデータがＰＣにあるので、あらためて見比べてみますよ」

「……悪いが頼めるか。恵那の能力なら確実だ」

役に立てると思った瞬間、私はおそらく耳をぴんと立て、尻尾を振った犬のような様子だったと思う。響一郎さんから受け取った資料を確認するのに、そう時間はかからなかった。

「ええと、あと一ヵ所漢字間違いがあっただけで、他にはありません。コピーペーストの間違いと打ち間違いですね」

「秘書課の新人には、俺からではなく優秀な俺の秘書から指導がいくな」

「未然に防げたので、あまり怒らないであげてほしいです」

「それは恵那のおかげだろう。本当にありがとう」

そう言って、響一郎さんは私の肩にぽんと手を置いた。

「きみの持って生まれた能力はもちろんだが、何事にも熱心で心が清々しいのがいい。努力家だと三橋が褒めていた」

「え、そうなんですか?」

三橋さんは私には直接言わない。響一郎さんにそんな報告をしていたなんて。

「三橋は他人を滅多に褒めない。俺だって、子どもの頃から褒められたのは数えるほどだぞ。それなのに、きみはあっという間に三橋に気に入られてしまった。俺も誇らしい気持ちになったよ」

目がじわっと熱くなる。気づいたら、私は涙ぐんでいた。

「恵那」

「あ、ごめんなさい。嬉しくて、つい」

周囲に褒められるような経験があまりなかった。私を認めて褒めてくれた祖母も、もういない。こんなふうに感謝され、褒められて、単純な話だが涙が出るほど嬉しい。

必死に目を拭っていると、私の肩に置かれた響一郎さんの手がそのまま背に回された。ぐいっと引き寄せられ、彼の腕の中に収まってしまった。

髪を撫でる手がそのまま背まですべる。優しい腕が私の腰に回されている。

響一郎さんの顔は見えない。だけど、規則的な鼓動がすぐ近くで聞こえた。温かな温度も、響一郎さんの匂いも感じられる。

初めての夜、彼は行為の序盤でやめてしまった。私が泣いたからだ。

あの晩の方がもっとあちこち触られているし、深いキスも経験している。

だけど、あの晩以上に心臓が早鐘を打っている。もっとずっとときめいているし、嬉しくて幸せで胸が震える。

(響一郎さん、大好き……)

そっと顔をあげると、響一郎さんも私の顔を見ようと見下ろしてきた。響一郎さんの大きな右手が私の頬に押し当てられる。

キスをしたい。たったあの一回だけのキスしか知らないのに、身体と心がそう感じる。彼が欲しい。

響一郎さんの唇が近づき、私はきゅっと目を閉じた。期待で胸がはちきれそうだ。優しい唇は、私の右頬に押し付けられ、離れていった。

頬にキス。目をぱちくりと子どもみたいに丸くしてしまう私に、響一郎さんは照れたように目をそらして言った。

「すまない」

「い、いえ」

期待してしまったことに猛烈な恥ずかしさを覚えつつ、私は緩んだ腕からそっと身体を離す。

響一郎さんとまた少し距離が近づけた実感があった。

私たち、少しずつ夫婦になっていっているのかな。

「響一郎さん、いってらっしゃいませ」

「ああ、行ってくる」

仕事納めの日、私は玄関で響一郎さんを見送った。隣には三橋さんがいる。

「奥さま、お熱でもありますか？　お顔色が」

「大丈夫です！　ちょっと朝、私室の掃除で汗をかいてしまって！」

三橋さんにごまかすけれど、正直私は今、響一郎さんの前で正気でいられないのだ。そわそわドキドキしてしまって、頬は赤くなるし、視線もきょろきょろしてしまう。

先日、抱きしめられて頬にキスされたのがきっかけだ。

それ以来、響一郎さんの顔をまっすぐに見られない。恥ずかしくて、照れくさくてどうしようもない。

響一郎さんも少し気恥ずかしそうな様子があり、私に無理に近づいてこない。だけど、たまに目が合うととても優しい視線で胸が苦しくなってしまう。

（私は響一郎さんが好きだけど、響一郎さんはどうだろう）

結婚して二ヵ月。決められた結婚でも、心は以前より近づいている。家族愛として仲良くなれればと思っていたけれど、もしかして恋愛で繋がれる可能性も残されているかもしれない。

（少しでも好きになってくれたら嬉しいな）

子どもっぽくて相手にできないとは、もう思われたくない。次にチャンスがきたら、絶対自分からぐいぐいと……。

でもどうやっていいかわからないし、積極的な女は嫌いだったら困るから悩むところだ。

「奥さま、今日で終(しま)いにしますからね」

「はい！」

三橋さんに声をかけられ、私は恥ずかしい妄想から戻ってきた。浮かれていては駄目。今日はお掃除最終日である。

明日から年末年始のお休みを響一郎さんとふたりきりで過ごす。そのために完璧に掃除を済ませるのだ。

午前中に掃除を終わらせ、おせちの中でも日持ちする黒豆、酢レンコン、紅白なますを三橋さんが作ってくれた。私はメモを取って味見をする係だ。

「松次郎さまのお屋敷におりますから、何かあったらすぐに呼んでくださいましね。また元日にお手伝いにあがります」

すべてを完璧に整えた三橋さんは夕方に帰っていった。本当にすごい人だった。そして、この十日ほどで本家の嫁として最低限のことは仕込んでもらったように思う。

大きな味方ができたようでありがたい。

年始に分家の人たちが挨拶に来るので、そのときにも手伝いに来てくれるそうだ。この十日間で着物の着付けも習ったのだけれど、きちんと着られているかもチェックしてくれるという。

「ふう、これでお正月を迎えられるかな」

祖母が亡くなっているので、才条家としては喪中でお正月の行事はしない。私も本来ならそうだ。

しかし、白花家の行事としては必要なことである。初めての年末年始、嫁の務めを果たさなければと使命感に燃えている。

そのときドアチャイムが鳴った。響一郎さんならチャイムは鳴らさないし、いつまでも門の外にいるようなので来客だ。

「はい」

カメラには思わぬ人物が映っていた。

『恵那、お邪魔したいのだけど』

そこに立っていたのは長姉の貴恵姉さんだ。この邸宅に訪ねてきたことは一度もないし、私に用事とも思えない。

驚きつつ、門前払いにする理由もないので、私は姉を邸内に通した。

「貴恵姉さん、どうしたの？」

「妹の嫁ぎ先に顔を出したらおかしい？」

姉は廊下をすたすたと歩きながら、ふっと笑った。

「まあ、私とあなたの関係じゃあ、おかしいわね。仲のいい姉妹とは言い難いもの」

「姉さん……」

「才条家は新年の挨拶ができないから、年末の挨拶に来ただけよ。響一郎さまはご在宅？」

それはわかるのだが、なぜ姉が代表して年末の挨拶に来たのだろう。そもそもそんな慣習はないと思うのだが。

「響一郎さんは間もなくお帰りになるかと思います」

「待たせてもらうわ」

応接室にしている和室に姉を通す。縁側の向こうに庭園が見渡せる部屋だ。寒いので窓ガラスは閉めてあるけれど、冬枯れた風情ある庭園はすでに暗闇に沈んでいる。

貴恵姉さんは花満グループの人材サービス分野の企業で働いている。私より五つ年上で、二十五歳。分家の跡継ぎという立場もあるけれど、国立大学を出た頭脳もあり、社内ではすでに責任あるポストについていると恵未姉さんや母が言っていた。スーツ姿だが、会社帰りだろうか。ハーフアップの髪型はいつも通りでも、珍しく大きなバレッタがついていた。あまり派手なアクセサリーは持っていない人なのだ。

間もなく響一郎さんが帰宅した。私がわけを話すと、着替えずにそのまま応接室へ向かう。私も同席した。

「響一郎さま、突然申し訳ございません。父の名代で年末のご挨拶にまいりました」

「貴恵さんでしたね。わざわざありがとうございます」

「会社の近くの美味しいお店のものです。よければ召しあがってください」

そう言って、和菓子の箱を差し出してくる。

響一郎さんは分厚い壁を立てたままなので、冷たい表情だ。私と家族の関係を知ったから、いっそうかもしれない。

「貴恵さんは花満ヒューマンソーシャルにお勤めでしたね。お仕事は無事に納められましたか」

「はい。おかげさまで今季も響一郎さまにお喜びいただける業績をあげられたと思っておりますわ。私も含め、社内は意識が高く活気のある人材であふれており、皆、響一郎さまのお役に立てるよう日々努力を重ねておりますのよ」

「それは頼もしい。才条家のお父上も花満クリエイトの執行役員。恵那の実家の皆さんは花満グループを支えてくれていますね」

能面のような顔と低い声は、完全に人を寄せ付けない様子。

一方で、私は気づいていた。貴恵姉さんは、そんな響一郎さんの無表情をうっとりと見つめているのだ。

（まさか）

否定しつつも狼狽してしまう。

響一郎さんは美丈夫と表現していい男性だ。普通の女性なら目を奪われるだろう。

だけど貴恵姉さんは、自分は婿を取って後を継ぐ、花嫁の立場にないと言っていた。

恵未姉さんが響一郎さんを人嫌いの不気味な男と言ったときも、一緒にせせら笑っていた。

結婚式のときはあまりこちらに興味を示していなかったというのに。

（お墓で会ったときに？）

あのとき、響一郎さんは初めて貴恵姉さんと口をきいた。姉らも初めて間近で響一郎さんを見た。

恋人が切れない恵未姉さんと違って、貴恵姉さんに過去恋人がいたかを私は知らない。少なくとも、家に連れてくるような人は今までいなかっただろう。それはしかるべきところから婿を取る予定だったからかもしれない。貴恵姉さん本人も堅物タイプで、色恋に興味津々といった人ではないと思っていた。

だからこそ、私の夫を穴が空くほど見つめ、あれこれ話を振っては席を立ちたがらない姉に、驚きと恐怖を感じた。

(貴恵姉さん、もしかして響一郎さんを……?)

「貴恵さん、申し訳ないが私も仕事を納めたばかりです。今日はこのへんで」

「あら、失礼しました。つい、楽しくて」

そう言って笑う貴恵姉さんの愛想のよさは見たことのないものだ。こんなふうに笑う人だったのかと仰天したほど。

「恵那、車の手配を」

「はい」

「大丈夫ですわ。失礼します」

響一郎さんが応接室を先に出て、私が姉を玄関の門まで送った。

「貴恵姉さん」

先を歩く姉につい呼びかけてしまった。非難がましい声だったのは否定しない。あんなにあからさまな姉を初めて見た。

貴恵姉さんがくるりと振り向く。

「恵那、本家の嫁になって調子に乗ってるみたいだけど、その資格はもともと私たち三人に平等にあったものなのよ」

貴恵姉さんは、いたって当然というような顔をしている。

「私と恵未があなたに譲ってあげたから、あなたは今ここにいる」

「家族みんなが望んだことよ。貴恵姉さんは、才条家の跡取りだから最初から資格がないと言っていたわ」

するとと貴恵姉さんが嘲笑めいた声で笑った。

「長女の私が花嫁になって、子どものひとりを才条姓にすればいいだけ。簡単な話だと気づいたのよ」

今更、何を勝手なことを言っているのだろう。驚愕とも畏怖ともつかない私に、
貴恵姉さんは続けて言った。

「それに、響一郎さまと私は同じ大学の先輩後輩。知ってる？　頭の出来が違うと会話って噛み合わないらしいわよ。恵那、あなたが妻じゃ響一郎さまが可哀想」

姉はくるっと背を向け、門を出ていく。

「響一郎さまが私を選んでも、あなたは文句を言ってはいけないわよ」

愕然とする私を置き去りに、師走の街を姉は去っていった。

五　私の家族

年が明けた。元日から、白花家には分家の当主が代わる代わる挨拶にやってくる。響一郎さんが応対し、私とお手伝いの三橋さんがお茶やお菓子を出して接待する。

着物で立ち働くのに慣れていないので、かなりくたびれたけれど、そうも言っていられない。夜には松次郎おじいさんの邸宅に年始の挨拶に向かった。おじいさんは相変わらずしっかりして見えた。

「藪椿も野分も、おとなしく帰ったか」

おじいさんが尋ね、響一郎さんは頷いた。

「ええ、近頃はおとなしいものです。俺が結婚したのも影響しているかもしれませんね」

「中枢に入り込んで懐柔しようという方策が使えなくなったからな」

以前はおじいさんも分家の挨拶を受けていたそうだけれど、近年は体調を理由に断っているとのこと。藪椿家と野分家の奸計(かんけい)を苦々しく思っているのは、響一郎さんと同じ。いや、おそらくおじいさんの代より以前から、本家と一部の分家の関係はよくないのだろう。

「花満グループはどうしても、藪椿家の抱える花満物流と野分家の抱える花満運送を頼らなければならない場面があります。昨年から花満商事に関しては独立したロジスティクス部門に移行する方向で動いていますが、彼らが動きを察知していないはずがないでしょう」

「物と金の動きが変わる前に、連中は妨害してくる。気を抜くな」

「手はすでに打っていますが、向こうの出方次第です。今は様子見ですね」

花満グループのトップ会談にあたる祖父と孫の語らいを、私は聞いているだけで精一杯だ。場違いな気もするが、夫の仕事を何もわからないでは困る。きちんと聞いておこう。

「恵那さんには退屈をさせてしまったな。響一郎、梅見会に恵那さんを連れていくのかい？」

おじいさんの言葉に響一郎さんが頷く。

「恵那が来てくれると言うので」

「新しい着物を買っておやり。日本橋のなつめ屋がいい。おまえのばあさんも母さんも、着物を仕立てるならあそこだった」

「仕立ての時間はありませんが、満足のいく品が用意されてある呉服屋です。恵那と出かけてみようと思います」

「恵那さん、それともドレスがいいかい？　ドレスだっていいんだよ。好きなものを響一郎に用意させなさい」

おじいさんが気を遣ってそんなことを言うので、私は恐縮しながら答えた。

「響一郎さんのおばあさまとお母さまがご贔屓にされていた呉服屋さんに行ってみたいです」

「おお、そうしなさい。響一郎、早速明日だ。行っておいで。命令だ」

わざと偉そうに言うおじいさんに私はくすっと笑ってしまう。仲のいい祖父と孫の図に、自分と亡き祖母を思い出す。きっとご両親が亡くなった後、響一郎さんとおじいさんはいっそう支え合って生きてきたのだろう。

響一郎さんが表情を緩め、「承知しました」と答えた。

帰宅すると、私も響一郎さんもどっと疲れていた。おじいさんの家に行ったのは楽しかったが、その前はずっと来客続きだった。

「おせち、まだありますので夕食にしましょう」

「ああ、恵那が年末に頑張って作ってくれたものだからな。……その前に着替えておいで。着物は疲れただろう」

「ありがとうございます。響一郎さんも着替えましょう」

響一郎さんも今日は晴れ着の紋付姿。彼はひとりで着替えができるので手伝いは不要だ。私は三橋さんに直してもらいつつ、今朝は着物をひとりで着られた。でも、まだ脱ぐのも片付けるのも時間がかかりそうで焦ってしまう。

「ゆっくりでいい」

いそいそと階段をのぼっていく私に、響一郎さんが声をかけてくれる。すっかり見透かされている。

洋服に着替えて、着物をしわにならないようつい立てにかけて階下に下りると、響一郎さんが食器などの準備をしてくれていた。

「わあ、すみません！」

「最初にも言ったが、家事はひと通りできる。恵那にばかり任せきりなのは悪い。休みのときは俺もやりたいんだが」

「お休みの日もお仕事がたくさんあるじゃないですか。無理なさらないでください」

そう言ってから、彼の申し出を嬉しく思っている気持ちも伝えた方がいいなと感じた。

「あの、でも響一郎さんが作ってくださった朝ごはんはとても美味しかったので、またいつか食べたいです」

おずおずとした口調になってしまった。すると、響一郎さんが皿を置いて、つかつかと私に近づいてくる。

後頭部に手を添えられ、引き寄せられた。彼の胸に頭があたる。

これは抱き寄せられたのかしら。ドキドキが止まらない。

抱擁は十秒ほどだった。すぐに解放され、私は驚きと照れで口を開けたまま彼を見あげる。

「すまない。恵那が可愛らしくて」

「か、わ……そんな!」

「急な接触は怖いだろう。すまなかった」

顔をそらして謝る響一郎さん。もしかして、衝動的に私を抱きしめたくなったたってことなのかな。そんな気持ちが響一郎さんの心にあるなんて、夢みたいだ。

急な接触が私は嬉しいけれど、響一郎さんはなぜか困った顔をしている。おそるおそる彼の顔を覗き込む。

「あの……初めての夜に、私が泣いてしまったから……気にされていますか？」

恥ずかしくて尋ねるのをためらったけれど、確認しておきたかった。彼が私に気を遣いすぎている状況は嫌なのだ。

響一郎さんは私に視線を戻して言った。

「ああ。まだ二十歳で、経験もないきみを怖がらせた。反省している」

「あのときは私も心を決めていました！　……涙が出てしまったせいで、でも、気持ちの上では嫌なのではなくて……」

必死に説明するけれど、うまく言えない。自分でもあのときの混乱を処理できていないのだ。今なら絶対あんなふうにならない。だって、私は響一郎さんに苦しいくらい惹かれているもの。

「たぶん初夜は……空回りしてしまったんだと思います」

「空回り？」

「私、知っての通りあまり実家と関係がよくなかったので、白花家では響一郎さんに必要とされたかったんです。いい嫁だって思われたかった。だから、経験もないくせに大丈夫だと言い張って……土壇場でパニックを起こして……」

私の言葉に響一郎さんが表情を緩めた。それから私の頭にそっと触れ、優しく撫でてくれる。

「思いつめていたんだな」

「いえ、私が子どもだったんです」

「恵那が必要だ。あのときは俺も、妻だから抱くものだと気持ちのない行為に及ぶつもりだった。……今は恵那が必要だから、触れたいと思う」

必要。たったひと言、そう言われたかった。響一郎さんの優しい言葉と甘い視線に、涙が出そうになる。

「触れてください。赤ちゃんも……いずれ考えていますし……。あまり、距離があるのは寂しいです……」

つっかかりながら恥ずかしい本音を吐露すると、頭を撫でていた響一郎さんの大きな手が頬に移動した。そのまま上を向かされる。

「こんなふうに？」

「はい……」

「年末、思わず抱きしめてしまっただろう。頬にキスも。怖かったんじゃないかと実は心配していた」

「怖くないです！　もっと、激しいキス……響一郎さんと経験しています」

言いながら墓穴を掘っているようで、私は目が潤んできた。恥ずかしさと混乱が極限になると涙が出てしまう。

「慣れなくて……涙が出てしまうこともあるんですが……響一郎さんに触れてもらえるのは嬉しいです」

「恵那」

響一郎さんの私を呼ぶ声に情熱が交じる。彼の抱きしめる手と、私が彼の腕の中に飛び込むのは同時だったように思う。今、どうしてもハグがしたかった。

「恵那、キスをしてもいいか？」

尋ねられ、心臓が跳ねあがった。彼を見あげ、それでもしっかりと頷いた。私だって、響一郎さんとキスがしたい。

目を閉じるとそっとキスが降ってくる。彼の綺麗な薄い唇が私の唇に重なっている。優しい感触の一方で心臓は壊れそうなほど早く鳴り響いていた。

触れるだけで唇はすぐに離れた。夢みたいな一瞬。

瞼（まぶた）を持ちあげると、視線が絡んだ。響一郎さんの黒い瞳は、以前よりずっと繊細な意思を伝えてくれる。私と彼の距離が縮まったせいだろうか。彼が私に心を許してくれているからだろうか。

今、彼の目に映る感情。それはうぬぼれでなければ愛情だ。家族愛かもしれないし、小動物を愛でるような感情かもしれない。

だけど、この人は確かに私を大事に想ってくれている。

「急がない」

響一郎さんは低くしっとりした声音で言った。

「俺ときみのペースで夫婦になっていこう」

真摯で誠実な言葉に私は深く頷いた。

「はい、響一郎さん」

今年最初の日は最高の日だと思った。響一郎さんとキスをした。未来の約束をした。

年末、貴恵姉さんの不穏な発言に不安を覚えたけれど、気にする必要はない。だって、響一郎さんは私との未来を考えてくれている。

私は彼を信じればいい。

花満商事が主催する梅見会は一月の中旬に開催された。

都内ホテルの大広間に集ったのは、花満商事の取引先を始め、政財界の大物まで顔ぶれ豊かだ。グループ内の取締役や執行役員も参加しているため、分家からも多くの人が参加している。

この会自体は、父が参加しているので知っていたけれど、私が参加するのは初めてだ。しかも、まさか本家当主の妻としてこの場にいるなんて。

花満グループは白花家が直営する花満商事を筆頭に、様々な業種の企業が集まっている。現在、白花家の人間は松次郎翁と響一郎さんのみ。分家は何十倍という人間が、花満グループ内で活躍している。

白花家に協力的な分家ももちろんいるだろうが、藪椿家や野分家のように勢力を持ちながら白花家に対抗しようとしている分家もある。数で勝る分家を白花家が圧倒的に支配できるのは、響一郎さんの力が強大なのだろう。

とはいえ、このパワーバランスを懸念しているのも事実。響一郎さんは人嫌いと自分でも言っているけれど、花満商事内の優秀な部下たちは信頼しているのだから、分家の中でも信頼できる家と関係を深めていくのが先々の安泰のためではないだろうか。

(そんなこと、私は口出しできないけれど。……本家だけでなく、分家のこともっと勉強しないとな)

私は響一郎さんの横に妻として寄り添いつつ、周囲を見渡した。

分家の人々は結婚式に参列しているので、私の顔と才条家出身なのを知っている。

梅見会に私が参加することで、花満商事の取引先や財界人の知人らに響一郎さん自身が結婚を報告する機会になる。

この会のために、松次郎翁は響一郎さんに私の着物を新調しろと命じた。響一郎さんは本当に翌日、私を連れて買い物に出かけ、上質で美しい梅柄の着物と豪奢な帯を買ってくれた。

髪を結いあげ、華やかな着物に身を包んだ私は、スーツ姿の響一郎さんの横に立っても多少は見劣りしないで済んだように思う。何しろ、響一郎さんはそこにいるだけで存在感がある人だ。上品でありながら、威厳があり、並外れた美しさを持った男性。妻として、身なりだけでも恥ずかしくないものにしておきたかった。

「恵那、喉が渇いただろう。何か飲み物をもらおうか」

響一郎さんは多くの招待客と会話しながら、時折私に気を遣ってくれる。

「ありがとうございます。大丈夫ですよ」

ひそひそと顔を近づけて返事をするので、私と彼はすごく仲睦まじく見えたかもしれない。

ある瞬間から視線は感じていた。視線の方向を見やると、貴恵姉さんと恵未姉さんがいる。この梅見会に招待されたのは父だけれど、父は新年の挨拶を兼ねる会なので喪中を理由に断ったらしい。そこに姉ふたりがご挨拶だけでもと後々連絡してきたようだ。

(貴恵姉さん、年末のこと、本気かな)

響一郎さんの花嫁に相応しいのは自分だと言った貴恵姉さん。厳しくクールな人だったけれど、あれほど強引な言い分を唱える人ではなかった。

(それだけ、響一郎さんに本気になってしまったってことなの?)

本気で恋をしたから、欲しくなってしまったのだとしたら。

貴恵姉さんのことだ。私から奪うのは容易いと思っているだろう。出来損ないの妹には負けないと考えて行動してくる。

私は長年、家族の言う通りに生きてきた。だけど、響一郎さんは渡せない。私の夫で、たったひとりの想い人。今回だけは一歩も引くまい。

悲壮な決意をしている私が恐れた通り、会も後半になった頃に、姉ふたりが私と響一郎さんのもとにやってきた。

「響一郎さま、またお会いできて嬉しいです」

ずいっと進み出る貴恵姉さんは私の顔など目に入っていない様子。肩から胸まで大きく開いたオフショルダーのカクテルドレスを着て、紅色の裾にはセクシーなスリットが入っている。高々と結いあげた髪には豪華な宝石の入った蝶の髪飾りをしている。貴恵姉さんがこれほど主張的なスタイルをしているのを初めて見た。

「お越しいただきありがとうございます。妻ともども嬉しく思います」

そう言う響一郎さんは大抵の人に向ける無表情だ。私が喜ぶはずもないとわかっているので、あくまで社交辞令である。冷たくも見える表情なのに、貴恵姉さんはまったくひるんでいない。真っ赤な唇をきゅっととがらせて蠱惑的に微笑む。

「響一郎さま、早速ですが才条家の後継としてご相談がありますの」

そう言って貴恵姉さんはちらりと私を見た。

「もし可能でしたら、少しふたりでお話しできません？」

響一郎さんが首を左右に振る。

「恵那は本家の人間で、私は彼女にすべてを把握しておいてほしいと考えています。貴恵さんのおっしゃるご相談がどういったものかはわかりませんが、恵那も聞いて問題ないでしょう」

すると、示し合わせたように恵未姉さんが口を挟んだ。

「恵那には私が相談したいことがあるんです。恵那、ちょっと姉さんと来てくれる？」

よそ行きの甲高い声で恵未姉さんは言う。貴恵姉さんに負けず劣らず派手なオレンジ色のラップスタイルのドレスを着ているが、大きく開いたVネックの胸元は恵未姉さんなら見慣れた雰囲気だった。普段から露出の多いギャル風の服装を好んで着ているからだろう。

私は迷ったものの、ちらりと響一郎さんを見あげて言った。

「響一郎さん、少し恵未姉さんと話してきます」

「……わかった」

響一郎さんは言葉を切って、それから私の顔に落ちたひと筋の髪をかきあげた。

「すぐに戻っておいで」

うっすらと微笑んだ響一郎さんに思わず釘付けになる。そんな優しい顔を、この場で見せないでほしい。そう思う程度に私も独占欲が強い。

恵未姉さんに引っ張られるようにその場を移動し、会場の隅へ。途中グラスワインをふたつ受け取った恵未姉さんはひとつを私に押し付けるように渡してきた。

「恵未姉さん、私、お酒は」

「飲めないんでしょ。飲んでるふりしてなさいよ。こういう場なんだし、貴恵姉さんがちらちら監視してるわよ」

恵未姉さんはせせら笑うようないつもの口調に戻っている。しかし、貴恵姉さんが監視しているという言い方が引っかかった。

「恵未姉さん、貴恵姉さんに頼まれたんでしょう。私を連れてあの場から離れるように」

「そうよ。ふふ、おっかしいの。あの堅物の貴恵姉さん、あんたの旦那に本気で恋しちゃったみたいよ。お墓の帰り道からぽーっとしてると思ったらさあ」

「わ、笑い事じゃないでしょう！」

強い口調で言ってみたが、相手は恵未姉さんだ。いつも私を下に見ていたし、真っ当な話ができたためしはない。

「いや、私もまずいとは思ってるわよ。三女の旦那を長女が略奪だなんて。しかもそれが白花家の当主だったら、本家の立場も才条家の立場もめちゃくちゃだもんねえ」

嘲笑めいた口調だが、思ったよりちゃんとした答えが返ってきて驚いた。恵未姉さんは無気力な笑顔で続ける。

「私はこの本家とか分家とか、花満グループがどうとか全部が嫌いだから、めちゃくちゃになってもいいけどさあ。私が大学卒業まで、あと一年はお金を出してもらわなきゃいけないし～。波風は勘弁だわ」

「それじゃあ、今日はどうして」

貴恵姉さんと梅見会に来たのだろう。さらには貴恵姉さんのたくらみに協力するなんて。

私の疑問に恵未姉さんは肩をすくめた。

「仕方ないでしょ。貴恵姉さんを放っておいた方が暴走しそうだもん。あの人、真っ向から否定すると頭いいから絶対論破してくるしね。従ったふりしておくのが、一番面倒が少ないのよ」

「それでついてきたのね」

「あんたに忠告してやろうと思ったけど、わざわざ忠告しないでもわかるか。恋で頭がお花畑になってる貴恵姉さんを見れば」

ぐいっとワイングラスを空にする恵未姉さん。ウエイターから新しいワインをもらうと、もうひと口含んだ。

「ところで恵那、あんた顔色いいわね。いい着物着て、馬子にも衣装ってやつ？　まあ幸せそうに艶々しちゃって」

「幸せ……だもの」

「はー、相変わらず声はちっちゃいし、おどおどウジウジ。私、あんたのそういうところ嫌い。目障りだしイラつく。賢いくせに愚鈍なふりしてるのもムカつく」

言いたい放題の恵未姉さんの口ぶりはいつも通りだ。しかし、貴恵姉さんの状況については、思いのほか冷静に見ている。

「私はあんたも嫌いだけど、父さんもママも好きになれない。貴恵姉さんは自分以外馬鹿だと思ってるから、本質的に仲のいい姉妹にはなれない。あんたを白花家の嫁に差し出したのを後悔はしていないけど、才条家から抜け出せたことだけはちょっとうらやましいわ」

「姉さんは大学生でしょう。花満グループ以外に就職して家を出れば……」

「そんなに簡単じゃないっつうの。相変わらずあんたは馬鹿ねえ。大学行ったたって、大人になったって、自由になるのは簡単じゃないんだよ」

呆れ果てたような声に、私はむっつりと黙った。ふたつ年上の姉を一度たりとも尊敬したことはないけれど、それでも私より見ている世界は広い。

恵未姉さんが二杯目のワインをぐっと飲み干し、にやっと笑った。私の顔にぐっと顔を近づけ、声をひそめて言う。

「ねえ、あんたの旦那、エッチうまかった？」

私は言葉をなくし、口を開けて固まった。その様子で恵未姉さんは察したようだ。

「うわ、まさかまだ処女だったの？」

「やめてください！」

思わず声をあげてしまい、慌てて口元を押さえる。私が赤い顔で狼狽すれば、恵未姉さんはいっそう面白そうに顔を近づけてくる。

「やっぱ人嫌いだけあって、そっちも反応しないとか？」

「ち、ちが……私が……未熟で……。響一郎さんは……優しいので……」

しどろもどろになりながらする弁解は絶対に余計な話なのだけれど、響一郎さんの名誉のためにも黙ってはいられなかった。恵未姉さんが目を丸くし、それから悪戯（いたずら）でもするかのようにニーッと笑った。

「へえ〜、ははあ、大事にされてんのか。すごいね、よく我慢できるね。若妻とひとつ屋根の下でさあ。響一郎サマって想像以上にいい男じゃん。暗くて不気味じゃないし、顔は整ってるし、禁欲的に見せてるのに色気がだだ漏れでセクシー」

「せ、セクシーって！」

私が思っていても言えないことを恵未姉さんはすらすら口にする。

「しかも、さっきの様子や恵那の話じゃ、かなりあんたを気に入ってるみたいじゃない。物好きでよかったわねえ。処女あげるときは覚悟しなよ。絶対激しいから、あのタイプ」

「姉さん！」

「あと、旦那の前では堂々としてな。イライラさせて捨てられんじゃないわよ」

恵未姉さんはそう言って景気よく笑った。

ふたつ年上のこの意地悪な姉を好きだった記憶はただの一度もない。今も意地悪で口が悪いと思っている。

しかし不思議なもので、距離ができた分、冷静に姉のことを観察できた。

恵未姉さんは思ったよりも思慮深く、ものの見方が偏っていない。私に苛立っていたのは事実だろうけれど、家族への苛立ちは上手に隠してあの家にいた。その分、私よりも賢い立ち回りができている。

それに、堂々としていろというメッセージは、そのまま私への励ましにも聞こえた。対等な人間関係を築くために、卑屈な態度を取ってはいけない。それは、私が学ぶべきことだろう。

「恵未姉さん、わかりました。ありがとう」

「何がありがとうかわかんないけど、そろそろ戻るわよ。貴恵姉さんが下品な誘惑を始める前に回収しないと」

今後、恵未姉さんと距離が縮まることはあり得ないとは思う。だけど、ふたりで話せて恵未姉さん個人の見方がわずかに変わった。それに貴恵姉さんに関して問題意識を共有できたのはありがたかった。

梅見会は無事に終わり、手配していたハイヤーで響一郎さんと家に戻った。帰りの車中、響一郎さんはようやくネクタイを緩めて息をついた。

「お疲れさまでした」

貴恵姉さんとどんな話をしたかは聞いていない。いちいち聞かなくていいと思っている。

それに、多くの招待客と話した響一郎さんからすれば、些細なひとコマだ。言及する必要はない。

「恵那もお疲れさま。少し眠そうな顔をしているぞ」

そう言って私の頬に触れる。私は照れくさくて微笑んだ。

「確かに疲れて眠くなってしまいました。明日はお休みですし、少し寝坊をするのはどうでしょう」

「ああ、いいな。そうだ、明日こそは俺が朝食を作ろう」

「いいんですか？　期待しちゃいます」

響一郎さんは私の頬を柔らかく包み、耳に指をかける。くすぐったくて、そしてちょっとだけぞくりとして、私は身をすくめた。嫌がっていないのは、私の熱を孕んだ視線で、きっと伝わっている。

「期待していてくれ」

もっと、別の期待もしてしまいそう。

穏やかな黒い泉を見つめ、私は言えない言葉を呑み込む。それでも、彼を見る視線には幸せがあふれてしまっているだろう。

梅見会の後、緊張が解けたせいか三日ほど体調が優れない日が続いた。

人の多い場所にいたので風邪をもらっているといけないと思ったが、熱も出なければ鼻や喉も異常がない。倦怠感だけなので病院には行かずに、家事を控えめにして様子を見ていた。響一郎さんが心配して、三橋さんを呼んでくれたので、食事の仕度は本当に助かった。

「三橋さん、すみません」

しゃきしゃきと働き回る三橋さんに声をかけると、彼女はこちらを見ずに拭き掃除をしつつ答える。

「梅見会でお疲れだったのでしょう。当主の妻として公の場に出たのですから。響一郎さまのお母さまも、最初の梅見会の後は風邪をお召しになりました」

「そうなんですか」

写真でしか見たことのない響一郎さんのお母さま。少しだけ親近感を覚える。

「奥さまは凛（りん）としたお振る舞いだったと、響一郎さまが褒めていらっしゃいましたよ」

「私なんか、全然で……」

そう言いかけて、堂々としていた方がいいと恵未姉さんに言われたことを思い出した。本家の嫁として、あまりおどおどしているのもよくないのだろう。

「早く、白花家を盛り立てていける人間に成長したいと思っています」

答え直すと、三橋さんが頷いた。

「お茶でも淹れましょう」

十五時過ぎだ。三橋さんは夕食を用意したら帰る予定だし、明日からは私が家事に復帰するつもりだけれど、お茶でも飲んでもらわなければ働き続けてしまう人だ。

「お茶くらい私が」

「奥さまは座っていらっしゃいまし」

立ちあがりかけたところで言い渡されてしまう。私は居間のソファにおしりを戻した。

すると、玄関のドアチャイムが鳴った。

「私が出てきます」

今度こそと立ちあがり、インターホンのカメラを覗き込んだ。そこには貴恵姉さんの姿。梅見会からまだ三日。何をしに来たのだろう。

ゾッとしたけれど、無視するわけにもいかない。

「はい」

『貴恵です。恵那、いるんでしょう』

姉は高圧的な声で言い、カメラを見据えている。

私は開ける旨を伝え、三橋さんにあらためてお茶の準備をお願いした。

前回通した応接間で向かい合う。三橋さんがお茶を運んできて、すぐに退室していった。

「使用人がいるのね」

「たまにお手伝いに来ていただいています」

「あなたひとりじゃ手が回らないでしょう。響一郎さま、ご不便が多いんじゃないかしら」

「貴恵姉さん、今日はどういったご用件ですか？」

冷たい表情をしていた貴恵姉さんは、くっと唇の端を持ちあげて笑顔を作った。それから、テーブルにことんと何かを置く。カフスボタンだ。

「響一郎さまの忘れ物よ」

「え……？」

「昨晩、ひと時ともに過ごさせていただいたんだけど、部屋の洗面所に忘れていってしまわれたから」

貴恵姉さんの言葉の意味するところはわかった。私はキッと姉を睨む。

「でたらめはよして」

「そのカフスボタンは響一郎さまのもので間違いないわよ。それとも夫の持ち物を知らないのかしら？」

貴恵姉さんは高笑いのような声をあげて言う。正直に言えば、私は響一郎さんの持ち物をすべては知らない。このカフスボタンをいつつけていたかも覚えがない。

「夕べ、あなたの旦那さまはお帰りが遅かったのではなくて？　二十二時くらいまで一緒に過ごしていたのは私よ。たっぷり可愛がっていただいたわ。あなたのような子どもでは物足りなかったのかしらね」

嘲笑う声に、私は拳を握った。怒っては駄目だ。姉の思うつぼだ。

息を深く吐き出し、背筋を伸ばして姉を見据える。

「響一郎さんは私の夫です。響一郎さんが貴恵姉さんと不道徳な関係を結ぶとは思えません」

「響一郎さまは、妻を選び直そうとしているだけよ。不道徳な関係であるもんですか。あの方は白花家当主。あの方の行いはすべて正しいんです」

「貴恵姉さん、帰ってください。これ以上埒もない話を聞くつもりはありません。私は響一郎さんを信じます」

私の突き放した態度に、これ以上の揺さぶりは無駄だと思ったのだろう。それとも充分嫌がらせはできたとでも思ったのか。貴恵姉さんが立ちあがった。

「響一郎さまは私を選ぶわよ。この家を出る準備をしておくことね」

ふすまを閉めるときに、ちらりとこちらを見る。

「まあ、才条家にもあなたの戻れる場所はないけれど」

廊下を進む足音が聞こえる。すぐに追いかける音が聞こえたので、見送りは三橋さんがやってくれたようだ。

私は悔しいことに怒りと混乱で動けなくなっていた。

姉の手前、強い態度に出たものの、手は震え喉が異常に渇いていた。

響一郎さんが貴恵姉さんと？　あり得ないとわかっているのに、言いようのない不安を覚えた。

「奥さま、お姉さまをお送りしてまいりました」

三橋さんが応接間に顔を出して、畳に膝をつく。

「塩を撒いておきました」

「え？」

「なんて失礼な娘でしょう。奥さまのお姉さまかもしれませんが、響一郎さまにちょっかいを出すなんて」

どうやら話は聞こえていたようだ。盗み聞きするつもりはなくても、三橋さんは部屋の外に控えていたようだし、姉の声は大きかった。

それにしても塩を撒くとは、さすが三橋さんだと私は含み笑いをした。

「三橋さん、このカフスボタンは響一郎さんのものでしょうか」

尋ねると、三橋さんはカフスボタンを手に取って眺め、ことんとテーブルに置いた。

「響一郎さまのものでございます。昔、お父さまとそろいで作ったものですので覚えております」

姉の言葉の真偽がどこまでかはわからないが、姉と響一郎さんは会っていたのだ。確かに彼は昨晩、二十三時過ぎに帰ってきた。

「響一郎さまは軽率な行動を取られる方ではございません。戯言を信じない方がよろしいです」

「ええ、もちろん響一郎さんを信じています」

言葉とは裏腹に、胸の中には墨を流したような黒いもやがかかる。

響一郎さんは私と夫婦になっていこうとしている。燃えるような恋愛感情ではないかもしれないけれど、労わり合える家族になろうと考えてくれている。

貴恵姉さんが誘惑したからといって、誘いに乗るはずがない。

わかっているけれど、貴恵姉さんが以前言った言葉がよぎる。

『頭の出来が違うと会話って噛み合わないらしいわよ』『恵那、あなたが妻じゃ響一郎さまが可哀想』

響一郎さんにとって、姉の方がともにいて楽しい女性だったらどうしよう。心が揺れてしまう可能性だってないとは言えないのだ。

三橋さんは夕方に帰っていった。私の様子を心配していたので、大丈夫だと何度も答えた。

しかし、時間が経つごとに、テーブルに置かれたカフスボタンの存在に胸が重くなる。目にはしていられなくて、棚に置いた。

十九時過ぎに響一郎さんが帰宅してきた。

「恵那、ただいま。体調はどうだ」

「おかえりなさいませ。もうすっかりいいんです」

三橋さんが用意してくれた夕食を温めようと立ちあがる。

「恵那、このカフスボタンはどうした」

こちらから切り出す前に、響一郎さんがカフスボタンに目を留めた。台所へ向かおうとして、私は狼狽して立ち止まる。

「今日、姉が……」

そこまで言って言葉に詰まってしまった。

響一郎さんを問い詰めたいのではない。姉が口にしたおぞましい讒言(ざんげん)に胸が苦しくなったのだ。嘘(うそ)だと思っていても心が痛い。

「貴恵姉さんと、昨晩会ったのですか？」

「彼女がここに来て、そう言ったのか？」

私は視線をさまよわせ、頷く。

「響一郎さんと一緒に過ごした、と。カフスボタンは部屋に忘れて……いったと言って……」

涙をこらえたら言葉が出なくなった。しかし、同時に私の視界には響一郎さんの表情が映っていた。

冷たくすら見える無表情には、確かにはっきりとした怒りが浮かんでいたのだ。

「ひどい嘘を言うのだな、彼女は。俺が恵那を裏切って、彼女を抱いたと言いたいのか」

響一郎さんの声は唸る獣のように低い。

「不貞にあたることはしていない。俺は妻以外に触れる気はない」

「……信じています」

「縁あって妻になった恵那を、傷つけることはしない。絶対にだ」

自身の怒りを押し殺すようにきつく拳を握り、響一郎さんは深く息をついた。

「言っておけばよかったな。昨晩、貴恵さんに待ち伏せされたのは間違いない。恵那のことで相談があるから、時間を取ってほしいと言われてコーヒーを飲んだ。それだけだ」

やはり姉が直接会いに行っていたのだ。響一郎さんはカフスボタンを見せる。

「カフスボタンは似たものを才条の父に作りたいから、片方だけ貸してほしいと頼まれた。必ず恵那を通じて返す、とな。こんな返し方をされるとは聞いていないぞ」

「貴恵姉さんは、響一郎さんに好意があるようなんです」

「それはなんとなく感じた。だからといって、嘘で俺と恵那の仲を裂こうとは、なんとも馬鹿げた考えだな。成功すると思っているなら幼すぎる」

実際私はかなり不安になったけれど、響一郎さんを信じる気持ちは変わらなかった。

そして、響一郎さんがどう思うか、貴恵姉さんは考えなかったのだろうか。

いや、貴恵姉さんは恋愛においては私くらい経験が薄いのだろう。高学歴の自分に対する自信があるからこそ、男性を振り向かせられると固く信じているのかもしれない。

実際に、誘えば応じる男性も世の中にはいるのだろうし、響一郎さんのことも最終的には身体で籠絡してしまおうと考えていた可能性はある。

「恵那、どうか信じてほしい。俺はきみ以外の女性に興味はない。きみの姉だろうが、他の女だろうが目移りする気はない」

「信じます。不安な様子を見せてしまい申し訳ありません」

「俺こそ不安にさせた。すまない」

そう言って響一郎さんは私を抱き寄せた。

私はその胸に頬をくっつけ、目を閉じる。安堵で涙が出てきそうだ。

「恵那、今夜は夕食をもう少し後にしよう。その前にこの煩わしい騒ぎを終わらせる」

「え?」

「才条家に連絡をする。貴恵さんに来てもらおう」

私が電話で呼ぶと、一時間とかからずに貴恵姉さんが白花家にやってきた。恵未姉さんの運転で来たらしい。邸宅には来客用の駐車場もあるので、そこに停めたのだろう。そろって玄関に姿を現した。

貴恵姉さんはハイブランドのスーツ姿で、自信満々の顔をしていた。恵未姉さんは大学からそのまま来たというくらい普段着だ。

応接室で向かい合ったのは私たち夫婦と貴恵姉さん。恵未姉さんは縁側で外を眺めている。間に入りたくないのだろう。

「ご足労いただきどうも。貴恵さん、今日妻のもとへカフスボタンを届けてくれたそうですね。私と関係を持ったと嘘を付け加えて」

響一郎さんは早速本題を切り出した。話し合いの様相ではない。酷薄とした表情と声音には怒りがにじんでいる。

「あら、嘘ってなんですの？　恵那が何か勘違いしたんじゃございませんか？」

貴恵姉さんは平気な顔だ。

「昨晩に引き続き、響一郎さまとお時間を過ごせて嬉しいですわ。同じ学び舎で学んだ先輩後輩ですし、私は響一郎さまに大変親近感を覚えていますの」

私のことをちらりと見て、それから熱心な視線を響一郎さんに向ける。

「親戚になったわけですし、恵那より私の方が響一郎さまと年も近いでしょう。これからもよきお話し相手として仲良くしていただきたいと思っているんですよ」

ぬけぬけとそんなことを言う貴恵姉さんを、私は信じられない気持ちで見つめた。怒りというより、この人がここまで我を忘れてしまうなんてと驚いたのだ。

賢い人ならこんな立ち回りは絶対にしない。貴恵姉さんは何がなんでも響一郎さんを手に入れたくて躍起になっているのだ。

「ほう」

私の横で響一郎さんが低い声を発した。

「あなたは何か勘違いをしているようだ。才条家は白花家の分家。分家風情が白花家当主のお話し相手？　笑わせる」

恵未姉さんが空気の変化にこちらを向いた。貴恵姉さんひとりがまだ理解できていないようで、熱心に言い募る。

「もちろん、当主の響一郎さまに情をかけていただけることを光栄に思っていますのよ。恵那を妻にもらっていただけたのは才条家の誉れです。まだ幼いところのある妹の代わりに私が相談相手になれればと思ったまでで」

「不要だ」

ぴしゃりと響一郎さんが言いきった。黒い瞳は完全に他者を拒絶しているし、全身から怒りと拒否の感情が感じられる。

「私が妻に娶ったのは恵那だ。自分を恵那と同等に考えているのだとしたら、不敬にもほどがある。恵那は本家の嫁。分家の跡取り程度が並び立てる存在と思うな」

貴恵姉さんが顔色をなくしていく。噛み締めて白っぽくなった唇は震えていた。

「今後一切、本家には関わらないでいただこう。姉とはいえ、恵那を傷つける存在はいらない。次に何かあれば、才条家存続の問題になると覚えておけ」

響一郎さんは厳然と言い放つと、恵未姉さんに顔を向ける。

「あなたからお父上に伝えなさい」

「はあい。承知しましたぁ」

あえてなのだろう。恵未姉さんが明るい声で返事し、貴恵姉さんに歩み寄る。

「ほら、貴恵姉さん帰りましょ」

「……皆、馬鹿ね」

数瞬、放心状態だった貴恵姉さんが恵未姉さんに引っ張られながら、ぎろりと私たちを睨んだ。

「そんな頭の悪い女で満足だなんて、やっぱり男は顔と若さなのね。本家の当主なんてたいしたことない！」

「貴恵姉さん、行くよ。お邪魔しました」

恵未姉さんが無理やり貴恵姉さんを立ちあがらせ、いっそう強い力で引っ張る。

「覚えていなさいよ！　私を選ばなかったことを後悔させてやる！」

「帰ってください！　貴恵姉さん」

私も立ちあがり、姉に叫ぶように言った。もうこれ以上見苦しい姿は見たくないと思った。

恵未姉さんより先に行き、玄関の引き戸を開ける。貴恵姉さんは恵未姉さんの腕を振り払うと「ひとりで帰るわ」と怒鳴って玄関から駆け出て、ずんずんと門を出ていってしまった。

玄関に残されたのは私と恵未姉さん。

「お騒がせしました～。っつうか、あんたの旦那に、才条家お取り潰しは私の大学卒業まで待ってってうまく言っといて」

なんとも気の抜けた次姉の言葉に、私もわずかに息をつく。

「それは、響一郎さんも本気ではないと思うけれど」

そもそもお取り潰しなんて江戸時代の大名でもないのだから。分家としての除籍ならあり得るだろう。私は言葉を切ってふたつ年上の姉を見つめた。

「恵未姉さんが冷静で、思ったより頼りになったことに驚いてる」

「それ、褒めてないから。恵那のくせに生意気なこと言うね」

恵未姉さんは言葉の内容ほど怒った様子はない。おそらく貴恵姉さんが呼び出された瞬間から、この状況は察していたのだろう。やはり貴恵姉さんよりよほど冷静だ。

恵未姉さんはどうでもよさそうな口調で続けた。

「私はもう関わりたくないから知らないけど、貴恵姉さんはしばらく荒れるよ。気をつけな」

「はい」

「旦那、あんたに夢中じゃん。よかったねえ」

恵未姉さんはこれ以上の見送りを断って玄関を出ていった。

応接間に戻ると、すでに茶器などは片付けられていた。響一郎さんがやってくれたのだろう。

台所を覗くと、響一郎さんが三橋さんの用意した夕飯を温めている。

「夕飯の準備、ありがとうございます」

「問題ない」

「姉が、お騒がせしました」

頭を下げると、響一郎さんは汁物の火を一度止め、私のもとへ歩み寄ってきた。

「俺が呼んだんだ。しっかり拒絶しておかないと同じことを繰り返すだろうと思ったが、結果恵那を傷つけたな」

「いえ、私は……姉たちとはもとから馬が合わないんです。貴恵姉さんからすれば、響一郎さんという夫を私が得るのは不相応だと思えたのでしょう」

家庭内の序列はずっと一番下だった。本家に嫁入りというのは厄介事で、私に押し付けて姉らは安泰だった。しかし、貴恵姉さんはその道があまりに輝かしく、グズの妹に与えるにはもったいないと気づいてしまったのだろう。

「恵那の家族は俺だ」

顔に落ちた私の髪をかきあげ、響一郎さんが静かに言った。

「実家の家族を忘れろとは言わない。でも、無理に気遣ったり思い出す必要はない。この先は俺がいる。俺が恵那のすべてになる」

両頬には熱い涙が伝っていた。後から後からあふれてきて止まらない。しゃくりあげる私を響一郎さんが力強く抱きしめた。

「きみが泣くのは嫌だ。どうか、泣きやんでくれ」

「これは嬉し涙です」

答えると両の頬を包まれ、上向かされた。響一郎さんの唇が私の涙をすくいあげる。くすぐったくて恥ずかしくて私は身じろぎするけれど、響一郎さんはやめてくれない。

「んっ、……響一郎さん」

「すまない。調子に乗った」

「嫌じゃないです。恥ずかしかっただけ」

赤くなっているだろう私を見る彼の頬もうっすら赤い。私たちはあらためて抱き合い、ゆっくりと唇を重ねた。

私の唯一の家族。結婚して三ヵ月と少し、あらためて実感した一日だった。

六　夫婦になっていく時間

冬の只中だというのに心は温かい。響一郎さんと結婚して四ヵ月が経った。

私たちは相変わらず広い邸宅にふたりで暮らしている。私は家事に精を出し、響一郎さんは日々忙しく働いている。休みの日は一緒に食事をしたり、温室を眺めたりする。定期的に墓参りにも出かけ、亡き家族のための時間も忘れない。

少しだけ変わったのは距離かもしれない。

「恵那、ただいま」

「響一郎さん、おかえりなさい」

仕事から帰ってきて、上着も脱がないうちに響一郎さんが私の手に箱をのせてくる。

「わあ、美味しそうな和菓子」

「生菓子だから、食後にふたりで食べよう」

そう言って、私の頭を優しく撫でる。

「最近、響一郎さんったらしょっちゅうお菓子を買ってきますね。太っちゃいます」

「恵那の好きなものを考えたんだが……菓子は嫌いか？」

「好きだから困ってるんです」

私が苦笑いすると彼もまた笑った。

響一郎さんはよくお土産を買って帰ってくる。食べ物が多いけれど、たまに切り花だったり、新しい鉢植えだったりもする。

私は可愛らしい和菓子を眺めて、覚えておこうと記憶のストックに入れる。花や動物だけでなく、響一郎さんのくれる様々なものが私の記憶のストックに入り、スケッチに変わる。

「恵那の好きなものをもっと知りたい」

「私も響一郎さんが好きなものが知りたいですよ」

以前よりよく笑うようになった響一郎さんに、私は自分から近づいた。気安く笑い返して、以前よりラフな口調で彼に話しかける。

「響一郎さん、お互いの好きなものを教え合う日を作るのはどうですか？　一日かけてプレゼンし合うんです」

「それは楽しそうだな」

響一郎さんは言葉を切って、脱いだコートとジャケットを手にかけた。

「恵那、俺たちはデートをしたことがない。そのプレゼンを兼ねて、次の日曜は外出しないか」

「デート……ですか」

私たちの外出といえば、定期的な買い物以外は、一緒にお墓参りに行って、パーティーに出席といったところ。確かに遊びに行こうと外出した覚えはない。

「嫌か？」

窺うように覗き込まれ、私はぶるんぶるんと首を振った。

「嫌なわけないじゃないですか！　すごく嬉しいです！　どこに行きますか？」

「それをお互いに決めてプレゼンするところからだろう」

「そうですね」

こくんと頷き、私は元気よく台所に取って返した。和菓子をお皿に移し、夕食の仕上げだ。

「お夕飯を食べながら決めましょう」

「ああ、そうしよう」

響一郎さんとデート。結婚して四ヵ月も経つのに初デートなんておかしいのはわかっている。だけど、私たちのペースだからいいのだ。

どうしよう。今から嬉しくてそわそわしてしまう。

食事をしながらデートの行き先を話し合った結果、新宿御苑に決まった。響一郎さんは植物園を見たいと言い、私は写生を一緒にしたいと言ったからだ。散策もティータイムもできる。御苑を出たら、大きな画材屋に寄って食事をして帰るのだ。

(木曜の今から楽しみでわくわくしているなんて子どもみたい)

寝室で、ガウンを脱いで布団に足を入れつつ思う。

考えてみれば、私は両親や姉らと出かけた覚えがない。父は家族旅行を計画するような人ではなかった。母は姉ふたりを連れて、実家や国内旅行には出かけていたけれど、私はいつも祖母と留守番だった。

祖母は、私を遊園地や動物園に連れていってくれた。ただ、行き先は電車で行ける範囲なので都内がほとんどで、祖母の脚力や体力から半日ほどの外出が多かった。一度だけ祖母の実家の墓参りに北関東方面に出かけたことがあったが、修学旅行を除けば唯一の遠出の記憶だ。

(そのうち、響一郎さんと旅行も行きたいな)

新婚旅行などもなかった私たちだ。旅行を企画するのもいいかもしれない。

（近場の温泉に一泊とかでも。赤ちゃんができる前がいいよね）

そこまで考えて、まだ赤ちゃんができるような関係じゃないのだと頬を熱くする。

響一郎さんと私の距離はぐっと縮まったように思うけれど、いまだに男女の関係にはなっていない。キスだって数えるほどしかしていないのだ。

「恵那、電気を消すぞ」

「はい」

寝室に入ってきた響一郎さんに声をかけられ、私は返事をした。赤くなっているだろう頬を隠しながら。

響一郎さんが横の布団に入り、枕元の灯りを消すと、部屋は完全に真っ暗だ。邸宅は都心ど真ん中だけれど、広い敷地内にあるのでいつもすごく静かだ。オケラの音も虫の声も聞こえない二月は特にしんと静まり返る。

「恵那」

「はい」

「寒くはないか？」

「はい。大丈夫です。響一郎さんは大丈夫ですか？」

「ああ」

しばし沈黙があってから、響一郎さんが再び口を開いた。

「まだるっこしいことはやめる。恵那、抱きしめてもいいか？」

私は口の中で小さく声をあげた。それは驚きと喜びと照れの混じったもので、響一郎さんには聞かせられない小動物の鳴き声じみたものだった。

響一郎さんは私を抱きしめたいから不器用に誘ってくれていたのだ。嬉しくて、妙に浮かれてしまうけれど、そんな様子は見せられない。

「無理はしなくていい」

「無理じゃないです！　私も、響一郎さんにくっつきたいです！」

慌てて言ったので、声が裏返る。響一郎さんがくすっと笑う気配がして、それから暗闇の中で腕を引かれた。

響一郎さんの布団の中に招かれ、彼の腕にすっぽりと包まれる。温かな体温と響一郎さんの香り。幸せでぞくぞくする。

「恵那」

響一郎さんが私の髪にキスをした。

「もうしばらくこうしていたい」

「もちろんです」

そう言ってから、私はためらいがちに追加した。

「変なこと……なんてないです。響一郎さんにされることは全部嬉しいので……何をしてもらっても……」

「誘っていると取るぞ」

私の耳朶に響一郎さんの唇が触れそう。そんな距離でささやかれて、思わずぶるりと震えた。

誘っているのだと答えたい。だけど処女の私から誘っては、はしたないと思われないだろうか。

逡巡(しゅんじゅん)している間に、響一郎さんが身体の角度を変える。布団に押し倒された格好になった私の上に響一郎さんの身体。彼は腕をついているけれど、重みをしっかり感じる。

暗くても彼の表情がわかる距離だ。吐息がかかりそうで息を詰めた。

「キスをしてもいいか？」

「……はい」

落ちてくるキスを、唇を開いて受け止める。積極的すぎるだろうか。でも、響一郎さんのキスが欲しい。もっと深く愛してほしい。

唇を重ね、舌を絡め、初夜の日のようなキスを交わす。響一郎さんの大きな手は私の頬を撫で、髪を梳く。いとおしそうな手つきだ。

私も彼の髪に指を梳き入れ、もっと欲しいとばかりに顔の角度を変え、舌を突き出す。

響一郎さんの手が首筋から肩に移動じた。触れ方に欲を感じた。

(もしかして、今夜は先に進むのかな)

進んでくれていい。響一郎さんに触れられたいし、私も触れたい。他者を寄せ付けない性質だった彼が私を欲してくれるようになったことが嬉しい。

しかし情熱的なキスを終えると、響一郎さんは唇を離し、子どもをあやすように頭を撫でた。

「ありがとう」

あからさまな落胆を見せないように私は短く「はい」と答えた。

ゆっくり夫婦になっていく過程の私たち。私が未経験であるために、響一郎さんはことさら時間をかけて夫婦関係を深めてくれているのだ。残念だなんて思ってはいけない。

「私も『ありがとう』ですよ」

私は精一杯言った。この気持ちを伝えておきたい。

「私も響一郎さんとキスがしたかったから『ありがとう』なんです」

彼だけがしたがっているわけじゃない。私だってしたいのだ。

響一郎さんはもう一度私をきつく抱きしめた。息ができないくらいなのに、嬉しくて私もしがみついてしまう。

「恵那。近いうちにきみを抱きたい」

胸がきゅっと縮んだ。喜びで全身にびりんと痺れが走る。

「はい……」

「きみが嫌な思いをしないように、優しくする」

「嬉しい」

もういっそこのまま、今すぐ抱き合ってしまいたい。そんな私の欲求を知ってか知らずか、響一郎さんは耳元でささやいた。

「今夜じゃないから安心してくれ」

「……わかってます」

今夜でもいいと言えない私はまだ処女なのだ。

それでも、私は自分の布団に戻ることなく、そのまま響一郎さんの腕の中で眠りに落ちた。

響一郎さんは私を守るように抱きしめてくれていた。

私の気持ちは恋。初めての眩しいくらいの恋。

響一郎さんは私をどう思ってくれているの？　私の半分でもいいから、恋に近い感情が彼の中にあればいい。そんなふうに祈ってしまうのだ。


新宿御苑は新宿駅近くにある大きな公園だ。東京生まれだけれど、私は初めて行く。響一郎さんも小学生のとき以来行っていないそうだ。

響一郎さんの運転で、朝九時の開園に合わせて到着した。開園と同時に入る人は結構いて、私たちは入場券を購入して入園した。

「マップを事前に見ておいたんですけれど、広いですよね」

「そうだな。俺は小学校の遠足で来たんだが、広かったし、庭園だけでもいくつもあるぞ」

「梅が咲いているそうです。どこで写生しましょうか」

「そう急がなくていい」

リードを引っ張る犬のようになってしまう私を、響一郎さんがおかしそうに見ている。

「そうですね。ゆっくり回るんでした」

「一日あるからな」

私たちはまず、入園した大木戸門から近くの温室に入った。響一郎さんの希望だ。ガラス張りの温室は規模が大きく、冬でもとても暖かい。熱帯の植物が多くあり、白花家の温室とは趣が違う。温室の外にもヤシやリュウゼツランが植わっていて、このあたりだけ南国風だ。

刈り込まれた芝生が美しく、メタセコイアやスダジイ、松などが植わっている。遊歩道を歩く人たちもいれば、芝生にシートを敷きストレッチなどをする人もいる。

園内に何ヵ所かある休憩所でお茶を飲んだ。寒い日だったけれど歩き回るとちょうどいいし、結構喉が渇く。

「何か食べなくて平気か？」

「はい。夏だったらソフトクリームなんかを食べたかもしれないですね」

メニューの立て看板にソフトクリームの絵が描かれてある。休憩所内は暖かいので、ソフトクリームを食べている子どもの姿もあるが、私はお腹が冷えてしまいそうなのでお茶で充分だ。

「ソフトクリームか。何年も食べてない」

「それなら、次の夏は一緒にソフトクリームを食べましょう」

「ああ、それはいいな」

ぐるりと園内を回ると、それなりに時間が経っていた。

写生をするのも今日の目的のひとつだ。最初に訪れた芝生の庭園に戻り、大きなユリノキと新宿のビルがどちらも目に映る構図にシートを敷いた。用意してきたスケッチブックを取り出し、一冊を響一郎さんに渡すと、彼は困った顔をした。

「すまない。恵那に付き合うと言っておきながらなんだが、絵は苦手なんだ」

苦手なら無理強いはできない。興味のあることを紹介し合うスタンスでも、何がなんでも一緒にやる必要はないのだ。

「それなら、私も帰ってから描きます。ほら、私はこの光景も頭の中に保存しておけるから」

私がそう言うと、響一郎さんは遠慮がちに微笑んだ。

「恵那が描くところを間近で見ていたいんだ。いいか？」

「ええ～、いいですよ～。なんだか、照れます」

描いた絵を見せることはあっても、絵を描いている横に響一郎さんがいた経験はほとんどない。私が描くところを見たいだなんて、恥ずかしいなあともじもじしながらスケッチブックを開いた。

響一郎さんは隣に座り、鉛筆を走らせる私をじっと見つめていた。

「恵那の趣味に付き合えなくてすまない」

「隣にいてくれるだけで充分、趣味に付き合ってくれてますよ」

同じ時間を過ごすことが、趣味の共有になると私は思うのだ。

シートに座り、しばし無心で鉛筆を走らせた。絵は趣味程度で、うまいわけではない。だけど、描いている時間は特別だ。

しかし、三十分も経つとさすがにおしりが冷えてきた。私ひとりだったら続行してしまうけれど、隣には響一郎さん。風邪をひかせるわけにはいかない。

「響一郎さん、そろそろ移動しましょう」

「でも、まだ途中だろう」

私は自分の頭をつついてみせる。ここに入れました、という感じで。

「今日、たくさんの風景や植物を見たので、しばらくは思い出して色々なものが描けそうです。響一郎さんがデートに連れてきてくれたおかげですよ」

「恵那が喜んでくれたならよかった。俺は女性と行楽に出かけたことがない。デートの行き先が公園でよかったのか、ずっと考えていたんだ」

「え、そうだったんですか」

響一郎さんは女性経験がないわけではなさそうだけれど、女性とのデートってどうしていたんだろう。尋ねづらいなと思っていたら彼が続ける。

「学生時代に交際相手は何人かいたが、皆、食事に出かけるくらいだった。互いの家を行き来するような交際もしていないし、テーマパークや観光地も一緒に出かけていない。だから、恵那に喜んでもらえているか不安だった」

なるほど、女性との関係は食事やベッドをともにするのが交際だったのだろう。立場的にいずれは分家から嫁を娶るつもりだったのだろうし、割り切った関係しか結んでいなかったのかもしれない。

「私はすごく楽しいですよ。響一郎さんと一緒にいられればどこでも楽しいですけれど、こうして普段と違う景色を見たり、外でお茶を飲んだり、絵を描いたりするのはいいですねえ」

「そうだな、今日は俺も楽しい」

私たちは新婚夫婦なのに、長年連れ添った老夫婦みたい。

澄み渡った冬の青空を見あげると、ずっとこの人とこうしていたいと思った。こうして些細な瞬間に一緒にいる幸せを分かち合いたい。家族とはそういうものなのだろう。


御苑を出て、大きな画材屋を回った。私が夢中になってあれやこれやと見て回るのを、響一郎さんは微笑ましく見守ってくれる。新しいスケッチブックとクロッキー帳、足りなくなった水彩絵の具を買ってくれた。

その後はホテルでランチコースを楽しんだ。ふたりでの外食もあまり経験がない。格好はピクニックスタイルだったけれど、ドレスコードのないお店を響一郎さんが選んでくれていたので、安心して食事ができた。

遅いランチタイム、私たちは窓辺の席でのんびりと食事をとった。

「結婚っていいなと今日あらためて思ったよ」

食後のコーヒーを口に運びつつ、響一郎さんが不意に言った。こちらに視線を向けて、ゆるゆると頬を緩める。

「何気ない休日を一緒に楽しむ相手がいる。別々に生きてきた人間同士が、価値観を擦り合わせ、寄り添う時間を作る。そういうささやかな人の営みがいとしいと思った」

私も同じように思っていた。それを優しい言葉で紡ぐ響一郎さんが素敵だと思った。

「私も響一郎さんといると、結婚した喜びを噛み締めます。今日だけで何百回も噛み締めちゃいました」

「こういう時間を重ねていきたいな」

響一郎さんは自分自身を人嫌いだと思っている。周囲もそう噂している。だけど、そんなのは勘違いだ。

彼は感受性豊かで、人間の生き方を愛している人だ。

(私だけはこの人の全部を知ろう。理解者でい続けよう)

心の中でそっと誓う。

「さて、少し早いが帰ろうか」

「夕食の準備を考えたらちょうどいいですよ」

コーヒーカップをソーサーに置き、私は冬の午後の青空を眺めた。

響一郎さんの運転で家に帰ると、門扉の前に女性がひとり立っていた。

助手席からその姿を見て身構えてしまったのは、貴恵姉さんのことがあったからだ。

しかし、すぐにシルエットが違うことに気づく。貴恵姉さんは黒髪をハーフアップにしていることが多いが、そこにいる女性は肩までのブラウンの髪を緩く巻いている。貴恵姉さんより小柄で、パリッとパンツスーツを着こなしている。

響一郎さんは見覚えがあったようだ。門の前で車を停めて、運転席から降りた。

「なんのご用ですか？　広井志保子さん」

「響一郎さま、ご無沙汰しております。大事なお話があってまいりました」

響一郎さんと同じくらいの年齢だろうか。笑顔が華やかな美人だ。

「今日は休日ですよ」

「個人的なお話もございましたので。花満商事にお邪魔するよりいいかと思ったんですが……」

そう言って、助手席の私に視線を投げる。笑いを含んだ視線は、ちょっと嫌な感じだった。

「奥さまとお出かけ中でいらしたんですね」

「休日に私がどう過ごそうが、あなた方には関係ない」

冷たく言うと響一郎さんは嘆息した。

「車を片付けたらお招きしますので、少し待っていてください」

「はい」

車に戻ってきた響一郎さんは門からぐるりと回り、ガレージに繋がるシャッターをリモートで開けた。

「響一郎さん、お仕事の方ですか」

「花満物流の藪椿社長の秘書だ。広井志保子。藪椿家当主の懐刀で愛人。かつて、彼女を養女にして俺に嫁がせようと画策していた」

情報量が多くて、ぎょっとしてしまった。結婚相手の話は以前ちらっと聞いたけれど……。

「藪椿家当主の愛人……」

思わず反芻(はんすう)してしまうと、響一郎さんはくっと皮肉げに笑った。

「面白いだろう。俺が知らないとでも思ったのか、愛人を白花家の嫁に仕立てあげて俺を操ろうとしていたんだ」

響一郎さんの口ぶりだと、彼にもおじいさんにも見抜かれていたことが推察される。だとしたら、どの面下げて……と思ってしまう。

「休日に家を訪ねてくるようなご用事なんでしょうか」

「大方、藪椿家、野分家絡みのことだ。こういう小競り合いは以前も何度か仕掛けられたが、今日は穏やかに済みそうもないな」

響一郎さんは冷たい表情で言った。私には窺い知ることができない表情だった。

応接間に広井さんを招き入れると、私がお茶を出し終える前に彼女はノートパソコンを開いた。

「データに関しては響一郎さまのメールにお送りしてあります」

「藪から棒ですね。どういったご用件で休日に押しかけてきたのか教えていただきたい」

「説明させていただきます。藪椿社長は今回のことを大変残念に思っているんですよ」

広井さんは目を細めて響一郎さんを見る。

「花満グループのロジスティクス部門は花満物流が務めております。さらに国内の運輸に関しては、野分家当主さまが社長を務める花満運送が専門業務としてあたっております」

広井さんはノートパソコンの画面を変える。データが映し出されていた画面には、花満商事の物流の流れがチャートで描かれている。

「それなのに響一郎さまは、花満商事の物流を外注業者に任せようとなさっている。

これほど尽くしてきた花満物流と花満運送を無視し、切り捨てるやり方……。誠に遺憾です」

「尽くしてきたとはよく言う。ここ数年は経営方針も人事も勝手に決めては事後報告。人事は身内重用が過ぎるし、一般社員の就労環境には疑問が残る。定例会議を減らし、株主総会も簡易に型通りに済ませて私に口を挟ませない」

響一郎さんの怜悧な言葉に、広井さんはこたえていないわけではなさそうだ。ただ、引く気があるなら、わざわざここまで来ないだろう。

「ご多忙の響一郎さまを煩わせないための方策だったというのが、社長のお考えです。藪椿社長は今回のことで大変お心を痛められ、今後、花満商事との取引については全面的に価格改定をすることを、昨日の役員会議で緊急決定いたしました。これは花満物流のみならず、花満運送も足並みをそろえる考えです」

再びデータの画面に切り替えて言う広井さん。データは花満物流の提示する金額のアップ幅が個別に記載されているようだ。

私も聞いているけれど、物流関係は外注にシフトしていく途中だ。ただ、花満物流に頼らなければならないものも多くあるはず。響一郎さんは大丈夫なのだろうか。

広井さんは横柄にも見える態度で続ける。

「弊社の物流システムが最先端なのはご存知でしょう。グループ内外問わず、スムーズな商品の流通が叶っているのは花満物流の経営努力です。商事からの商品の流れが減れば、コストがあがるのは当然。花満運送の野分社長も、近年の燃油代高騰から支援を願い出ていらっしゃったそうですが、響一郎さまはなんの手立ても講じてくれなかったと伺っています」

「つまりは、自分たちの力で経営状況をよくしているのに、俺に冷遇されたから、仕返しをすると。そういうことか」

「仕返しだなんて人聞きの悪い」

広井さんの笑い声は、嘲笑めいている。

「でも、私が来たのはそういう事情もあってなのです。一度は響一郎さまとの縁談もあった身、知らない仲ではございませんでしょう」

そう言って広井さんはじろりと私を見た。まだそこにいるのかと言いたげな顔をし、それから妖艶（ようえん）な視線を響一郎さんに投げかける。

「藪椿社長との間に私が入ります。お話し合いをなさってくださいませ。悪いようにはなりません」

彼女は響一郎さんに個人的な恩を売りたいのだろうか。それとも、中に入って話し合いという部分までが、藪椿社長との策略だろうか。

どちらにしろ、彼女のなまめかしい視線と私に見せる敵愾心（てきがいしん）を鑑みるに、彼女は女性として響一郎さんに惹かれている部分がありそうだ。藪椿社長の愛人の座より、魅力があるのかもしれない。

「馬鹿らしい申し出をわざわざどうも」

一方で響一郎さんは呆れた息をついた。突き出された彼女のノートパソコンを手で退ける。

「いい時期だな。本来は来月あたりに藪椿社長に説明するつもりだったが、あなた経由で伝えておいてくれ」

「どういうことです？」

広井さんはまだ、響一郎さんが強がっていると思っているようだ。ふふんと余裕の笑顔である。

「花満物流と花満運送への商品の流れを全面的にストップする」

響一郎さんはなんの感情も込めない口調で言った。顔は氷の無表情だ。

「え……」

「花満グループはすでに平和灘運輸（へいわなだうんゆ）を傘下に入れ、ロジスティクス部門を整えてある。

今後、花満商事においては百パーセント平和灘運輸を使うこととする。コストも大幅に削減され、環境配慮にも貢献できると試算が出ているしな」

「平和灘運輸……倉庫管理が秀でた企業でしょうが、花満物流規模の商品管理ができるとは思えません。それに花満運送の大型トラックは国内配送の肝。簡単に切り替えられるとは思えません。響一郎さまともあろう方がはったりですか？」

くくっと笑った響一郎さんだが、私にはそれが見せつけるための表情だとわかった。酷薄な笑みを広井さんに向ける。

「私がいったいいつからあなたたちに期待していないか、わかっていないようだ。平和灘運輸には数年前から出資をし、倉庫や配送設備を拡充。新しい管理システムも導入し、花満物流以上の機能を構築してきた。もう、そちらに頼る理由はない」

広井さんの表情が変わった。響一郎さんの動きを察知していなかったわけではないだろう。しかし、読みきれていなかったのだ。

「花満物流は現在、藪椿家本家の一族経営状態。古参の有能な役員たちは追い払い、分家の支持者たちで人事を固めている。そこに法外な役員報酬が発生していることは調査済みだ」

響一郎さんは淡々と、しかし逃げ場をなくすように言う。

「花満運送においては、野分家支配のみならず、配送トラックの運転手の超過勤務が多すぎる。ろくな休憩も交代も与えず、昼夜を問わず高速道路を走らせ続ける。事故を起こす前に就労環境の改善を、という話は一昨年の時点でしてあり、補填となるよう必要な支援は行った。しかし、それらは野分家の私腹を肥やすことにしか繋がらなかったわけだな」

「……こんなこと、グループ内の内紛に繋がりますよ！」

広井さんの非難がましい声に、響一郎さんは興味なさそうに縁側に視線を向けた。

「内紛などという状況にはならない。あなたたちは一方的に排斥されるだけだ」

私は後ろに控えて聞きながら、響一郎さんがいつ何時でも敵と闘える態勢を整えていたのだと知った。私に見せる安らいだ表情とは違う、組織の頂点に立つ人間の厳しい一面。

「話は以上。追って正式な通知がいく。花満物流も花満運送も、グループ外の取引先があるだろう。グループ内でも懇意の企業は残っている。売上も落ちるだろうが、役員解雇がはかどるだろう。さらに、業務が減って運転手の業務改善に繋がれば事故のリスクが減る。花満グループに籍を残せただけマシだと考えるといい」

響一郎さんは立ちあがり、先に応接間を出る。ふすまを開け、広井さんを一瞥（いちべつ）した。

「個人的に藪椿社長と仲がよいでしょう。先に教えてあげるといいですよ」

あえてなのか、丁寧な言葉に戻って言うと、彼は先に出ていった。

広井さんは怒りとも悔しさともつかない表情をしていたけれど、私の前ではそれ以上何も言わず、無言で去っていった。


「響一郎さん」

応接間を片付けて居間に顔を出したけれど、響一郎さんはいない。

私室にもいないので、もしかしてと思って温室まで向かう。

響一郎さんは温室の薔薇の中にいた。花をつけている種類はほとんどなく、枝もいくらか剪定（せんてい）されているので、地植えの薔薇の茂みは少し寂しい。

「今の時期なら奥のクリスマスローズが綺麗ですよ。見に行きましょう」

「ああ」

「クリスマスローズって薔薇じゃないんですよね。でも、薔薇とはまた違った可愛らしさがあって、好きだなあ」

隣に寄り添って腕に触れると、響一郎さんが私を見ずにつぶやいた。

「恵那の前で嫌なところを見せた」

低く、どこか元気がなく響く声音だ。

「嫌なところってなんですか」

「敵を倒すところ」

響一郎さんは物騒な言い方をしたが、事実、彼はそのつもりで闘ってきたのだろう。

私は首を振った。

「響一郎さんは当たり前のことをしただけでしょう。花満グループ総帥は、グループ内の利益のために動いている。私腹を肥やす人たちを罰するのは、決して非難される行動ではありませんよ」

「だが、俺は陥れた。逃げ場を奪って容赦なく撃った。ダメージを大きくするためにな。冷酷なんだよ、心根が」

そう自嘲気味に言う彼。本当に冷酷な人なら、そんな傷ついた顔はしないに違いない。

「内紛などにはならないと言ったが、これからグループ内では物流をめぐって大きな動きがある。本家につく者と、藪椿・野分につく者で、企業も個人も揺れ動くだろう。人事再編も行われる。恵那の父親の花満クリエイトも煽りを食うとわかっていて行動した。歯向かう人間に手心を加える気はない」

響一郎さんは言葉を切って、薔薇のつやつやした葉に触れた。

「俺は恵那の思ってくれるような優しい夫ではない」

「大局を見て、守るべきものを守っている響一郎さんは、誰より優しいと思いますよ」

私は響一郎さんの手に自分の手を重ねた。彼の選択で大変な目に遭う人がいても、不利益を被っている人が救われるきっかけにもなるはずだ。

「それに、実家と疎遠の私が言うのもなんですが、父は家のことをまったく顧みない人です。母とも不仲で、三人の子も全員女子だったので母のことは蔑ろにしています。母も父を嫌って、姉らの前では悪態ばかりついていました。父みたいな人は仕事が駄目になった方がいいんです。自分の家庭も守れない人が、なんの仕事も守れませんよ！」

明るく言うと、響一郎さんが少しだけおかしそうに微笑んだ。

「恵那が言うと説得力があるな」

「響一郎さんは、父とは違います。花満グループも花満商事も大事にしながら、私もおじいさんも大切にしてくれている。守ってくれています」

ぎゅっと手に力を込めると、手を返して響一郎さんが握り返してきた。

視線が絡む。美しい泉のような黒い瞳にずっとずっと惹かれていた。

人嫌いだと噂され、最初はすれ違ってしまったけれど、今はお互いの心が見える。

伝えたい。ずっと言葉にしていなかったこの気持ちを。

「響一郎さん、愛しています」

私はじっと彼を見つめて言った。

「祖母以外に初めて誰かを大事だと思いました。一緒にいるうちに、どんどんあなたのことが好きになっていって、今はもうわかります。この気持ちは恋なんだって」

響一郎さんの右手が私の顎をとらえた。そのまま口づけられる。

重なった唇はしっとりと柔らかく、息をつく間もなく、何度も重ね直される。

「ん……」

思わず苦しげな声が漏れてしまい、響一郎さんが唇を離した。それからあらためてしっかりと抱きしめられた。

「恵那……！」

「……響一郎……さん」

「俺も愛している。ただひとり、きみだけを」

そう言って私の肩に顔を埋めてくる。私は腕を伸ばし、彼の頭を抱えるように抱きしめた。

「えへへ。両想いかなって……少しだけ期待していました。ちょっと前から」

「恵那をいとしく思う気持ちがどんどん膨らんでいったけれど、自信がなかった。欲以外の感情で女性と接したことがない。この感情がただの征服欲や性欲だったらと思うと、先に進めなかった」

　私を大切に想ってくれているから、そんな戸惑いがあったのだ。なんて優しい人だろう。

「どんな欲でもいいんです。私はあなたが好きだから、全部欲しい。初めての感情なのは私も一緒ですよ」

　家族としていとしい気持ちも、恋愛としてドキドキする気持ちも、すべて響一郎さんからもらったものだ。

「大好きです」

　言葉はそれ以上発せなくなった。響一郎さんが私の唇をキスでふさいだからだ。

　貪（むさぼ）り合うように深くキスを交わす。互いの身体を引き寄せ合い、角度を変えて、舌を絡めて口づける。

　キスの水音で、耳が痺れる。甘い快感に身体の奥が疼く。

「恵那、移動……してもいいか？」

その意味はもうわかっていた。私は頷き、彼の服の裾をきゅっと握りしめた。

「もっと触れたい」

響一郎さんが我慢できないというように私を横抱きで抱きあげた。


二月の晴れた日の夕暮れ、薄闇の中で私たちは初めて結ばれた。

ゆっくりと探り合い、気持ちを確かめ合うような行為だった。濃密な時間は夜半まで続き、幸せなけだるさとともにそろって朝まで眠りに落ちたのだった。

七　深まる愛

都内にも春がやってきた。例年より遅い桜が開花し始め、今日明日にも満開だそうだ。

私は洗濯物を干し、空を見あげた。

「さて、そろそろ響一郎さんを起こさないと」

土曜日の今日、響一郎さんはお休みだ。以前より土日もしっかり休みを取ってくれるようになった彼は、今日は少し寝坊している。

結婚した当初は土日も仕事を入れていたり、部屋にこもって仕事をしていたりだった。休みの日も朝にはきちっと起きだして温室の管理をしたり、会社で契約しているジムに行ったり……。

だから、私の前でくつろいだ姿を見せて、寝坊してくれるのはとても嬉しい。隙のない人だからこそ、近づくのを許されたような気持ちになるのだ。

響一郎さんと男女の仲になってひと月ちょっと。日々うぬぼれてしまいそうなほど愛されていると感じる。それは抱き合って眠る瞬間だけでなく、生活の端々ににじむ信頼や互いを慮った気遣いもだ。

　こんな寝坊の朝もそう。

　私たちは夫婦として補い合って暮らしている。

　一方でこのひと月ちょっと、響一郎さんは仕事面ではいっそうの重責を背負っていたように思う。

　花満物流と花満運送との取引停止。実質、藪椿家と野分家への制裁にあたる判断は、花満グループを揺るがした。

　物流、運送ともに花満グループには留まるが、花満商事からの仕事はすべてなくなった。グループ内の企業のうち多くは、花満商事に足並みをそろえた。現状維持の企業は、もとより藪椿家と野分家に近い一部のみ。

　響一郎さん自ら大鉈（おおなた）を振るった形となって、今回の件は藪椿家と野分家の勢力を大きく削（そ）いだものの、花満グループ内の対立構造を浮き彫りにした。

　私の父が執行役員を務める花満クリエイトは、どちらかといえば中立だった。しかし、同時に行われたグループ内における役員人事再編や報酬制度の見直しから、父は執行役員をはずれることとなった。分家当主とはいえ、公平な人事の結果、父のような立場になる人も多かったようだ。これらの話は、響一郎さんから聞いた。

父は私には連絡をしてこなかった。納得しているのか、私では響一郎さんに意見できないだろうと期待していないのか。どちらにしろ、私からも実家には連絡する予定はない。

私は響一郎さんの妻だ。

もう才条家の末娘ではないし、私には私の立場と考えがある。それを示していいのだと最近は思う。

「響一郎さん、朝ごはんにしませんか？」

寝室を覗いて、声をかける。

盛りあがった布団。枕に彼の髪が見えるけれど、顔は布団の中に隠れてしまっている。

「もう少し寝ていてもいいですけど」

近寄って膝をつく。覗き込むと、腕を引っ張られた。

悲鳴をあげる間もなく響一郎さんの胸に落下した私は、腕を絡められ、閉じ込められてしまう。

「響一郎さん、びっくりしたじゃないですか！」

彼の顔を見ると、目を細めた響一郎さん。

「驚かせたくなってしまった。すまない」

謝っているのに、全然離してくれる気がなさそう。こんな悪戯だって、彼との距離がぐっと近づいた証拠だと思う。

「朝ごはん、ほとんど準備できてるんですよ」

「ありがとう。でも、あとひと時、恵那とこうしていたい」

「ん……ひと時で済むんですか？」

思わず甘い声が漏れてしまったのは、彼が私の耳朶に唇を押し付けたからだ。そのまま丁寧に舌を這わせてくるのだから、最初から確信犯だったとしか言いようがない。

「響一郎さん……！」

「困った顔はいっそう可愛いな」

私は注意しようと睨んでいるつもりなのだけれど、困った顔に見えるみたいだ。頬にキスされ、すぐに唇も奪われた。

結局私たちが布団から出られたのは少し後で、朝ごはんはブランチと呼べる時間にとることとなったのだった。

「桜がだいぶ咲いてきた頃じゃないか？」

遅い朝食の後、響一郎さんが縁側から外を眺めて言う。

白花家には桜の木がない。数年前までは玄関の門扉近くに古木があったそうだけれど、安全のために伐採せざるを得なかったそうだ。今は切り株が残るのみ。

桜を見たいなら、外へ出なければならない。

「今日はお花見がてらお散歩しましょうか」

「ああ、それはいいな」

少し歩けば公園があるし、近所をお散歩する休日もなかなかよさそうだ。私は二月から教習所に通っているけれど、免許取得まではまだかかる。必然、お花見は近所を想定していた。

電車や響一郎さんの運転で遠出すれば、桜の名所はたくさんあるだろう。でも、混み合った場所に連れ出すなら身近な桜を見に行きたい。

私たちは仕度を整え、家を出た。目当ての公園まで遠回りをして歩く。街路樹にも桜があるため、そこかしこで薄桃色の花が見えた。日当たりのいいところで八分咲きといったところだろうか。

「わあ、結構咲いていますねえ」

公園の桜も日当たりがいいようで開花していた。同じような散歩客が大勢いる。立ち止まって写真を撮る人、ベンチで花を見あげる人、桜の下で追いかけっこをする子どもたち。

「はぐれないように」

そう言って響一郎さんが私の手を取った。私は彼を見あげ、言葉に詰まる。

「嫌か？」

嫌じゃない。嬉しい。だけど、照れくさい。

そんな気持ちでぶんぶんと首を横に振った。何度も身体を繋いでいるのに、人前で手を繋いだだけで恥ずかしくなってしまうなんて。

響一郎さんと手を繋いで歩くのは、嬉しい時間だった。時折立ち止まって、咲き誇る桜の花を見つめる。青空を見あげ、鳥を指さし、また桜を眺める。

彼といる時間はゆっくり過ぎていく。出会ってまだ一年にも満たないのに、響一郎さんとの時間ばかりが輝かしく私を照らすのは、この時間感覚のせいかもしれない。

同じように桜を見あげた去年を、ふと思い出した。

「以前もちらっと言いましたが、昨年、祖母と桜を見に行ったんです。祖母は認知症が進行していて。それでも、桜を見ているときははっきりしていました。桜が一番好きだって」

「そうか」

「来年来ようねって約束したんですけど、秋のはじめに亡くなりました。今日、見に来られてよかったです」

祖母はこの桜を空の上から見ているだろうか。天国があるかわからないけれど、私の祖母も響一郎さんのご両親やおばあさんも、空から薄桃色の絨毯を眺めていてくれたらいいなと思う。私たちがこうして手を繋いで桜を眺めているのを、見守っていてほしい。

カフェワゴンが来ていたので、カップのコーヒーを買った。まだ肌寒い四月上旬、コーヒーが冷えた指先を温めてくれる。ちょうどベンチが空いたので、響一郎さんと並んで腰かけた。

「恵那、来年もこうして桜を見よう」

響一郎さんがぼそっと言った。それはおそらく私が言った祖母との思い出話に起因している。

「はい。毎年、一緒に見たいですね」

「そうしよう。年を取って死ぬまで、並んで桜を見るんだ」

大事な約束を交わしたように思った。結婚式で誓い合った瞬間よりも、今この瞬間。

桜の下でコーヒーを手に誓い合った未来こそが尊い。

「私たち、おじいちゃんとおばあちゃんになっても一緒ですものね」

「ああ」

春の花の代名詞はやはり美しく、多くの人の心を奪う。賑わう公園の中、私と響一郎さんは並んで穏やかな時間を味わった。


季節は過ぎ、あっという間に六月がやってきた。

昨年の初夏、私は白花家への嫁入りが決まり、祖母の見舞いの傍ら礼儀作法を独学で日々学んでいた。

約一年後、こんなに穏やかで優しい時間が訪れるとは思わなかった。

居間の座卓でスケッチをする私は、響一郎さんと見た桜や温室の薔薇を何枚も描いている。この家に嫁いできて、スケッチブックやクロッキー帳が何冊目になるだろうか。あまり上達はしていないけれど、心の中の花や風景を形にする作業はとても楽しい。たまにインプットを兼ねて、温室にこもったり、公園を歩き回ったりする。

響一郎さんは忙しいのに、私ばかりこんなにのんきでいいのかしらと思ったこともあるけれど、響一郎さんは私がのんびりしている方が安らぐようだ。外でのことをいったん置いて私のペースに合わせるのが、彼にとっても調整になるのかもしれない。

「でも、これから忙しくなっちゃうかな、私も」

ひとりつぶやいてお腹を撫でる。

まだなんの変化もないこのお腹の中には、ひとつの命が宿っている。

「響一郎さんと私の赤ちゃん……」

思わず笑みがあふれた。先日わかったばかりで妊娠三ヵ月とのこと。つわりはまだない。

妊娠中期に入るまでは私と響一郎さんだけの秘密だ。

妊娠がわかったときの響一郎さんは、びっくりするほど喜んでくれた。といっても、表情が劇的に変わったりする方じゃないので最初は気づかなかった。ただいきなり外出し、駅前でケーキを買って戻ってきたのだ。

なお、駅前にあるケーキ店は誰もが知っている超庶民チェーン店。私は好きだからとても嬉しかったけれど、花満グループトップ・白花家当主の響一郎さんが買っている姿はなかなか想像しづらい。ケーキや和菓子など、かつてプレゼントされたものはすべて有名なブランドスイーツだったし。

ケーキを買って戻ってきた響一郎さんは、困った顔で言った。

『栄養をつけてほしいと思ったんだが、甘いものしか浮かばなかった。買ったことのない店で、注文に迷った。そもそも、ケーキは糖分が多すぎて、妊婦の健康にはよくないのではないかと。俺はずれたことをしたように思う』

少々反省気味の様子で箱を差し出す彼に、私は笑ってしまった。どうやら、嬉しい気持ちが先走ってしまったようだ。響一郎さんでもそんなことがあるのかと微笑ましかった。

『お祝いといったらケーキですね！』

そう言って、お茶を淹れてふたりでケーキを食べたのだった。

響一郎さんが、我を忘れるほど喜んでくれたことが嬉しい。そして、私たちの愛の証(あかし)が成長していくこれからの日々がいとおしい。

「赤ちゃんが産まれるの、待ち遠しいなあ」

大事な家族が増える瞬間を、私も響一郎さんも心待ちに過ごすのだろう。

「恵那、ただいま」

この日も響一郎さんは早々に帰宅した。今まで以上に夜は家にいようとしてくれているのは、私が身重だからだろう。顔を覗き込むようにして尋ねてくる。

「体調は？」

「大丈夫ですよ」

「つわりが始まる頃じゃないか。場合によっては、三橋に事情を話して手伝いに来てもらおう」

おじいさんの家から三橋さんを借りっぱなしにしては、あちらの家が立ち行かなくなってしまうかもしれない。

「出産間際は手伝ってもらった方がいいかもしれませんが、今は大丈夫ですよ。つわりって個人差があるみたいです。もしかして、私は軽いのかなあ」

「油断は大敵だぞ」

そう言って私の腰を抱く響一郎さん。守るような仕草に、私はいちいちキュンとしてしまう。

夫婦になって赤ちゃんも授かったけれど、私の気持ちはまだまだ初恋が実ったばかりのひとりの女の子のまま。響一郎さんのすべてにときめくし、些細なことに飛びあがりそうなほど嬉しくなる。

「あまり甘やかさないでくださいね。私、調子に乗ってしまうので」

「調子くらい乗ってくれ。生育環境もあるだろうが、恵那は周囲に甘えないし、助けを求めない。俺はもっと頼られたいと思っている」

優しい言葉に心もほんわかと温かくなる。こんなに幸せでいいのだろうか。

私は響一郎さんの胸にぎゅっと顔を押し付けて、それからぱっと離れた。

「大丈夫です！　さあ、お夕食にしましょう！」

「ああ、手伝うよ」

「そうだ、温室にハイビスカスの鉢が入りました。珍しい大きなブルーの花です。明日の朝にでも、ゆっくり眺めませんか？」

「頼んでおいたものだな。楽しみだ」

私と響一郎さんには生活のペースが出来あがっている。ここに近い将来赤ちゃんが加わると考えると、わくわくするのと同時に忙しくなるだろうなとも感じる。私も響一郎さんもてんてこまいになってしまいそうだ。


つわりはその後もほとんど感じられなかった。朝晩に胸がむかむかするのが数少ない症状で、間もなく妊娠四ヵ月目に突入する。個人差があるとは聞いていたけれど、これほど何もないと逆に不安にもなった。

何しろ、診察は一ヵ月に一度。赤ちゃんが順調に育っているかも、病院に行かないと確認できないのだ。元気に成長してくれていると信じつつ、毎日を過ごすことしかできない。

そんなある日、スマホに着信があった。

「お父さん……から？」

不在着信履歴に残っていたのは父の番号だ。何か用事があるから連絡してきたのは間違いない。

無視もできずに仕方なく電話をかけ直そうとすると、メールが届いた。このスマホを契約したときのメールアドレスで、両親は私のメッセージアプリすら知らないのだと今更気づく。

【明日の夕方、才条家に戻るように】

たったひと言だった。どういうことだろう。

【何かご用事ですか？】

質問をメールしたけれど、返事はなかった。

意味がわからない要請に従う必要があるだろうか。それでも用事があるから呼んでいるのは間違いない。

単純に亡くなった祖母関連の何かかもしれないが、もしかするとメールでは話しづらい内容なのかとも考える。

父が閑職に追いやられたことを知っている。私からは何もアクションを起こさなかったのは当然だと思いつつ、どこかで罪悪感があった。響一郎さんに執り成しを頼める立場にいたのは間違いない。たとえ響一郎さんがそれを受け入れなくても、何もしなかったよりは罪悪感は少なかったかもしれない。

それに、父だけでなく貴恵姉さんが仕事上どういう立場になっているかもわからなかった。響一郎さんに横恋慕して、完全に拒絶されたのは今年のはじめ。あれから半年会っていないが、春のグループ内改革が姉の進退に関わっている可能性もある。

「話だけでもしてこようかな」

仕事から帰ってきた響一郎さんにも一応報告はしておく。呼び出しが夕方なので、夕食の準備ができないかもしれないと伝えると、響一郎さんは考えるような表情になった。

「食事のことはいいんだが、才条家が恵那に今更なんの用だ？」

「わからないんです。もしかすると、亡くなった祖母関連の何かかもしれないですね」

「恵那のサインが必要だとか、記入書類があるというなら、郵送で事足りるはず。きみを冷遇してきた実家を俺は信頼していない。ひとりで行かせるのは不安だ」

「母は私を嫌っていましたけど、父は無関心だっただけです。きっと、事務的な話でしょうから心配いりませんよ」

響一郎さんはまだ納得していない様子だったけれど、私からこの話を終わりにした。貴恵姉さんに不安は残るものの、父からの呼び出しなのだから必要以上に心配はしないようにしよう。


翌日、私は指定された通り、夕刻に実家を訪れた。白花家から電車で四十分。山手線外側、大田区の富裕層が住む住宅地の一角に才条家はある。

生まれ育った街と実家に思い入れがないわけではない。しかし、家族との思い出は皆無と言っていい。小学校は姉らと同じ近所の私立小学校だったけれど、あまり接点がなかった。一年生のときだけ、ふたつ上の恵未姉さんが嫌々私を連れて登校していたくらい。

その後、貴恵姉さんは中学から国立大を目指せるような高偏差値の学校に行き、恵未姉さんは人気の女子校に行った。

私だけが小学校からの持ちあがりで高校まで同じ学び舎だった。家から近くて、祖母の介護が始まったときも便利だったけれど、その分地元の思い出はほとんどない。学内で喋る友人はいても、放課後友人と遊んだこともない。まして姉らとの思い出もそうない。両親にいたってはゼロだ。

それでも一年前まで住んでいた街を歩けば、祖母との思い出は浮かんできた。そのときにストックした光景と、現実の街並みがだぶる。

私は確かにこの街に住んでいた。幽霊みたいに生きていた私も、祖母といるときだけは人間だった。

夕焼けが迫る時分の才条家はしんと静まり返っていた。母屋の奥に私と祖母の暮らした離れが見える。懐かしい離れは、おそらく今は閉め切りにしてあるのだろう。

「恵那です」

インターホンで声をかけると『入ってきなさい』と母の声が聞こえた。父だけでなく母も同席する話なのだろうか。それだけで気が重くなった。

母屋に足を踏み入れた瞬間、昨年が思い出された。本家に嫁入りしろと命じられたときのことだ。祖母はまだ生きていたけれど入院していて、もう長くないとは言われていた。私は他の道を選べなかった。

今は、あのときに白花家への嫁入りを了承したのが最良の決断だったと言える。

私は響一郎さんと愛し合う仲になり、お腹には彼の赤ちゃんがいるのだ。一年前には信じられなかったこと。奇跡のようなめぐり合わせで、私は幸せに暮らしている。

「お邪魔します」

居間に入って驚いた。そこには両親と姉ふたりが勢ぞろいしていたからだ。

「恵那、座りなさい」

父が言った。父の声を聞いたのは久しぶりだと思った。嫁入り前に、くれぐれも響一郎さまに失礼をするなと注意されたとき以来だろうか。

「今日はなんのご用事ですか？　おばあちゃんの一周忌のことですか？」

「法事なんか気にしなくていいわ」

父の代わりに答えたのは貴恵姉さんだった。年始に、うちから怒り心頭で帰っていった以来だ。あの頃よりいっそう表情に険があるように見える。貴恵姉さんは顎をあげ、見下すように私を睨んだ。

「恵那、才条家に戻ってきなさい」

父がなんの前置きもなく言った。意味を確かめようとその顔を見ると、父は無気力な表情をしていた。

「響一郎さまに自分で離縁を願い出て、才条家に戻るんだ」

「なぜですか？　私は響一郎さんと円満な家庭を築いています。離婚する理由はありません」

「あなたはいつもいつも自分のことばかりね、恵那」

口を開いたのは母だった。私は母を見るが、母は汚らわしそうに目をそらす。そんな些細な仕草で、私がいちいち傷つくなどとは考えもしないのだろう。

「響一郎さまは、貴恵にひどいことを言っただけでなく、お父さんの会社にも貴恵の会社にも恐ろしい制裁をした。お父さんは役職が代わり、貴恵は任されていた仕事を人事異動で奪われたんですよ。いくら花満グループのトップといっても、そんな横暴な人と親戚ではいられません」

「グループ内の改変については、花満グループの浄化改善のためだと聞いていますし、私も詳細を知り納得しています。不利益を被ったのは才条家だけではないと思います」

「あなたを嫁に出したのは、不利益から才条家を守るためでしょう。使えない子が偉そうに抗弁するんじゃありません」

私の実家だから贔屓する響一郎さんではない。気にはしてくれていたが、花満グループの膿み出しには分家優遇は貫けなかった。

家族が私にそんな期待をかけていたなどとは聞いたこともない。私が実家のために動くと、母らは本当に思っていたのだろうか。

母の言葉に呼応するように貴恵姉さんが声高に言った。

「才条家は藪椿家と野分家につくのよ。恵那があの男の妻だと、両家との信頼関係上、都合が悪いの。すぐに才条家に戻っていらっしゃい。また離れを空けてあげるわ」

半年前に響一郎さんにこっぴどく拒絶された貴恵姉さんは、やはりプライドを傷つけられた怒りがあるようだ。さらには仕事上でも業務替えになり恨みを深めていた。

しかし、それらはすべて逆恨みだ。

私は背筋を伸ばし、家族を見据える。

「才条家が藪椿家と野分家と近づくのは、父さんと貴恵姉さんのご自由になさってください。その後、花満グループを抜けようが、何か画策しようが、私には関係ありません。私は白花家の人間ですから」

堂々と言い放てたのは、私の心に響一郎さんへの愛があるからだ。こんなところで負けていられない。

「離婚はしません」

「役に立たないばかりか、家族の不幸を望むなんて、本当に憎らしい子。意地が悪い！　お義母さまそっくり！」

　母が怒りに震えた声をあげる。感情の抑制ができないかのように、テーブルをどんと叩いて立ちあがった。はずみで椅子が倒れ、テーブルが大きくずれる。形ばかりに置かれたお茶がこぼれた。

　私は咄嗟にお腹を庇っていた。ずれたテーブルがあたりそうになったことと、お茶の熱湯がかからないように。無意識の行動だった。

「恵那、あなた」

　一瞬の静寂ののちに、母がつぶやいた。血走った瞳で私を見つめる。

「お腹に赤ん坊がいるの？」

　わずかな行動で察したのは、伊達に三人産んでいないというところだろうか。私は目を合わせず、ひるまない口調で言った。

「離婚する気はありません。帰ります」

「うちの跡継ぎにすればいいじゃない」

　そう声をあげたのは貴恵姉さんだ。驚く私に、嘲笑を浮かべて言う。

「才条家の跡継ぎにすればちょうどいいわ。恵那、その子と一緒に戻ってきなさい。母さん、あの子もようやく役に立つわ」

執り成しているというより、馬鹿にする延長のような口調で母に言い、貴恵姉さんは笑い声をあげた。父は面倒そのものといった顔でため息をつき、あらためて私に言う。

「恵那、ともかく才条家は白花家の庇護を抜ける方針だ。おまえは家に戻りなさい」

「今日は離れで頭を冷やすといいわよ。恵未、準備をしてきて」

それまで何も言わずにいた恵未姉さんが、無言のまま席を立った。

「帰ります」

「離れに行きなさい。乱暴なことはお腹の赤ちゃんのためにならないでしょう」

貴恵姉さんが何をするかわからないのは、年始のときから身にしみてわかっている。真面目な人だったからこそ、一度タガがはずれると歯止めが利かないのだ。

母は最初から私を敵視しているし、今は常軌を逸しているようにも見える。父はおそらく跡取りの貴恵姉さんを諌(いさ)める気力がない。

「恵那、こっちに来な」

やがて呼びに来た恵未姉さんについて、私は離れに行くしかなかった。

離れはやはり閉め切りにされていたようで、埃っぽかった。換気しようとすると、恵未姉さんに窓を開けるなと言われた。

「後で来るからおとなしくしてて」

恵未姉さんは冷たい目で私を一瞥し、離れを出ていった。

「どうしよう」

ダイニングチェアに腰かけ、テーブルにもたれた。

鞄を貴恵姉さんに取りあげられてしまったので、スマホがない。響一郎さんに連絡が取れない。

泊まるとは言っていないし、ひと晩連絡もなしに私が帰らなければ、響一郎さん本人が捜しに来る可能性も高い。もしくは部下の誰かをよこすかもしれない。

家族がしらばっくれる可能性はあるが、響一郎さんは絶対に引かないだろう。

しかしそれまでここで待つの？

隙を見て逃げ出そうか。手ぶらだけれど、タクシーで白花家まで戻れば現金がある。

一方で、今まで感じたこともないくらいの体調の悪さを感じていた。吐き気がひどく、眩暈がする。

「つわりなのかな」

精神的なショックでつわりの症状が重くなることもあるのだろうか。それだけならいいけれど、お腹の赤ちゃんに何かあったらどうしようと不安になる。

そして、こんな体調で逃走するのは厳しいかもしれないと弱気が頭をもたげてくる。

「響一郎さん……」

響一郎さんに会いたい。私はお腹をさすり、うつむいた。


一時間ほどそうしていただろうか。体調不良と不安から落ち込んでいた私だが、それでも頭は徐々に思考できるようになってきた。

この軟禁になんの意味があるのだろう。

家族は情で私が応じるとは思っていない。響一郎さんより実家を選ぶことはあり得ないと知っている。それは私と家族の溝はもちろん、私が響一郎さんに愛され、大事にされている現状を姉らは両親に伝えているからだ。

さらにお腹には響一郎さんの子。

この状況で、強引に離婚させることも、お腹の子を才条家の跡継ぎに据えることもできるわけがない。

それならば、私が軟禁されているのは完全に嫌がらせのレベルだ。それとも他に意図があるのだろうか。

すっかり暗くなった室内に電気をつけていなかったせいだろう。声をかけながら入ってきたのは恵未姉さんだ。

「恵那、起きてる？」

「恵未姉さん。私、帰らないと」

恵未姉さんが、どすんと私の前の席に座った。差し出してきたのは恵未姉さんのものであろうスマホだ。

「あんた、変に記憶力がいいわよね。旦那の携帯番号、覚えてる？」

「ええ……」

「これで旦那を呼びな。あんたのスマホは貴恵姉さんが持ってる。知らない番号じゃ旦那は警戒して出ないかもしれないけど、恵那が帰ってこないとなればいずれ連絡してくる」

私は信じられない気持ちで恵未姉さんを見た。裏があるのではと考えてしまう。

私の視線に、恵未姉さんは馬鹿にしたようにふっと笑った。

「今回ばかりはあんたの味方。……私さぁ、彼氏と別れさせられたんだ」

「え？」

驚く私に恵未姉さんは言う。

「まあ、手切れ金渡されて身を引くクソ彼氏なんて、もうどうでもいいんだけどさ。卒業後、藪椿家の当主の弟に嫁げって。私より二十歳近く上のおっさんの後妻よ？　信じられる？」

才条家は藪椿家と野分家に味方する、と父と貴恵姉さんは言っていた。そのために、恵未姉さんを？

「決めたのは父さんなの？」

「貴恵姉さんよ。自分は響一郎サマと結婚して、子どもを才条家の跡取りに～なんて言ってたくせに、藪椿家のおっさんとは結婚したくないんだってさ。だから、私を嫁に行かせるのよ。言うことを聞かなければ、残り半年分の学費は払わないって脅すの。ママまで味方しちゃって。ふざけてるでしょ」

「ひどい……」

恵未姉さんは乾いた笑い声をあげて、疲れたように椅子の背もたれに身体を預けた。

「あんたに散々意地悪してきた私だし、バチがあたったっていえばそうかもしれない。でも貴恵姉さんたちがなんの痛い目も見ないのはムカつくわけ」

どうやら恵未姉さん個人の思いから、私を逃がそうとしてくれている様子だ。これは断る理由がない。

私は覚えている響一郎さんの電話番号をタップする。

移動中だろうか、電話には出ない。また記憶にあるスマホのメールアドレスに、恵未姉さんのアドレスからメールを入れておく。実家に軟禁されているので迎えに来てほしいという内容だ。

「あんた、メールアドレスまで覚えてるの？　英数字の羅列じゃない、このアドレス」

「うん、まあ」

「キモ。……役に立ったけど」

姉は悪態をつくものの、私を貶めようという気持ちは伝わってこない。もともと家族の空気を読むのに長けたこの次姉は、貴恵姉さんや母の悪意の代弁者として私を攻撃してきた。実際、私に苛立つこともあっただろうが、緊急時に味方してくれる程度には、私へのわだかまりはないのかもしれない。

「恵未姉さん、これらのことを考えたのは貴恵姉さんなの？」

「そうよ。父さんは執行役員から降りて、すっかり仕事にやる気をなくしちゃったからね。ママは鬼の首を取ったみたいに父さんを責めるから、家にもいづらいんじゃない？　若い愛人作って、外で遊んでるみたい」

呆れた話だ。仕事を奪われれば家庭を顧みるかと思った父が、結局外に愛人を作ってしまったなんて。

もちろん、母の積年の恨みからの攻撃によるところは大きいだろう。絵に描いたような家庭崩壊だ。

「ママは貴恵姉さんを持ちあげて、実質、貴恵姉さんが今の才条家の当主よ。恵那を離婚させようとしているのも貴恵姉さん主導」

「どうして貴恵姉さんたちはこんな強引なことをするの？　筋が通らないってわからないわけじゃないよね」

私の問いに、恵未姉さんは頬杖をついて、片手をひらひらさせた。馬鹿らしいと思っているような仕草だ。

「本家の当主夫妻に離婚騒ぎが起こっているって噂を立てたいのよ。実際、あんたの旦那が離婚に応じるわけがない。でも、嫁が実家に帰って本家に戻らないっていう事実があったらどう？　藪椿家と野分家は、この機会に響一郎サマの不貞やＤＶなんかをでっちあげて騒ぐわよ。だから、数日間は恵那をここに留めておきたいってところ」

不貞にＤＶ、あり得ない。しかし、痛い目を見た藪椿家や野分家がグループ内でどんな噂を流し、響一郎さんを追い詰めようと画策しているかわからない。

恵未姉さんは、にやっと意地悪く笑う。

「でも、一番大きな理由は貴恵姉さんの私怨でしょうね～。ひと目惚れして猛アタックを仕掛けた響一郎サマには派手に振られて、虐げてきた妹は愛されて幸せに暮らしてる。しかも、自分のキャリアも危ない。全部ムカつくから、藪椿家や野分家に近づいてでも嫌がらせしたいのよ」

そんなことをしても何にもならない。しかし、貴恵姉さんが怒りに駆られて起こした過去の事件は記憶に新しい。恨みを溜めていたなら、私や響一郎さんが嫌な思いをする選択をしかねない。

そのとき、恵未姉さんのスマホが振動した。メールに響一郎さんからの返信がきたのだ。

【すぐ迎えに行く】

たったひと言だ。

「響一郎さんが迎えに来てくれるそうです」

「靴を履いて、出られるようにしておきな。鞄、取り返す暇がなければ、今度私が届けるよ」

母屋を通らなくても中庭伝いに玄関の門扉まで出られる。響一郎さんが到着したら連絡してもらい、家族と顔を合わせないように帰った方が得策だ。

「恵未姉さん、ありがとう。……あのね、姉さんがよければ今後、白花家に避難しない？」

不仲な次姉にこんな提案をする日がくるとは思わなかった。

でも、このままいけば恵未姉さんは、藪椿家のずいぶん年上の男性の再婚相手になってしまう。残り一年弱の大学生活を盾に嫁入りを迫られるなんて、いくらなんでもひどすぎる。

「あんたに心配されるなんて嫌だァ」

恵未姉さんが馬鹿にした笑い声をあげ、意地悪な表情で言った。

「あんたに借りは作らないわよ。この話をされたときから、私は私で考えてもう動きだしてる。のこのこやってきて捕まった迂闊な恵那に心配される筋合いはない」

「それは返す言葉もないけれど」

「大丈夫よ。あんたを虐めた姉なんか心配しなくていい。……気持ちだけもらっとく」

恵未姉さんはそう言って、スマホを置いて立ちあがった。

「玄関で待機して。旦那が到着したらチャイムは鳴らさずメールしてもらって、家族に見られないうちに走って家を出るんだよ。スマホはここに置いていっていい」

「恵未姉さん、本当にありがとう」

姉が出ていき、私は離れの玄関で待機した。間もなく、スマホが振動する。響一郎さんが到着したのだ。

離れを出て、母屋の横を走って門扉に向かう。白花家と比べればそう広くもない敷地だ。

門の向こうには響一郎さんの姿を見つけた。安堵で涙が出そうになった。彼もまた私を見つけ、目を見開く。

「恵那！」

「恵那！」

彼が私を呼ぶ声と、背後からの怒声が聞こえたのは同時だった。

振り向くと、そこには貴恵姉さんと母がいる。叫んだのは貴恵姉さんだ。

「恵那、戻りなさい！」

「嫌です！」

私は内鍵を開け、響一郎さんの胸に飛び込んだ。すぐに響一郎さんが私を守るように腕の中に庇ってくれる。

「貴恵さん、これはどういうことです？　妻を呼び出したのは知っていますが、閉じ込めるとは犯罪ですよ」

「あら、本家のご当主さま。お言葉ですけれど、才条家の問題ですので」

「恵那は白花家の人間だ」

「離婚させて才条家に戻す予定ですのよ」

ぬけぬけと言い放つ姉に、響一郎さんは冷たい笑みを投げかけた。

「あのとき、少々処分が寛大すぎたようだな。恵那を軽んじていたとはいえ、才条家は実家だからとあなたの不敬を見逃した。しかし、大事な妻を害する行為は許し難い」

「響一郎さん、私は大丈夫。もう帰りましょう」

響一郎さんの強い怒りの感情を察知し、私は制止の声をあげた。貴恵姉さんも母も話が通じる人ではない。私が近づかなければいいのだ。

私は貴恵姉さんと母に向き直り、もう一度はっきりと言葉にした。

「実家には戻りません」

「恵那！　なんてばちあたりな娘なの！」

母が金切り声をあげた。母がまだ私を娘として見ているとは思えなかった。いつの瞬間からか、私は母にとって祖母のダミーだった。憎しみをぶつけるためだけの存在だった。

「あなたたちはもう恵那の家族ではない。二度と恵那に連絡をしてくるな。才条家の処分は追って連絡する」

響一郎さんは私の感情を優先したようだ。私の肩を抱き、その場を離れた。

これでいい。心の中でそうつぶやく。

今日をもって才条家とは縁を切ろう。私は響一郎さんとお腹の赤ちゃんのために生きていく。

近くに停めてあった響一郎さんの車の助手席に座ると、強い眩暈で身体を起こしていられなくなった。背もたれの角度を少し緩め、身体を預ける。

「響一郎さん、お迎えに来てくれてありがとうございます」

「いや、遅くなってすまない。体調はどうだ」

「少し吐き気と眩暈が。今頃、つわりですかね」

「疲労や心因性のものもあるだろう。……やはり、きみをひとりで来させるべきではなかったと思う」

「私が甘かったんです」

実家……いや、貴恵姉さんは逆恨みから私と響一郎さんの不幸を望んでいる。何をしてくるかわからない人たちに近づいてはいけないのだ。

「恵那を害そうとした罪は重い。才条家は分家から除籍するつもりだ。今回のことを含め弁護士に相談する」

「私自身も気をつけます。今回は二番目の姉の恵未が助けてくれました。恵未姉さんも立場が悪くなるかもしれないのに……」

恵未姉さんは母と貴恵姉さんに責められるだろう。簡単に負ける恵未姉さんではないけれど、学費を盾にされているのだ。

響一郎さんは少し不思議そうな顔をした。私が姉ふたりと不仲なのを知っているからだ。

「ともかく、恵那を助けてくれたことは感謝している。恵未さんが困ったときは力になろう」

「その話もしたんですが、断られてしまいました」

そこまで言うと、私はふーと息をついた。

身体から力が抜けそうだ。緊張感から解放されたせいだろうか。これが実家との関わりの最後になるのだという実感もあった。

「家に着くまで少し目を閉じているといい。疲れたんだ」

「はい。そうしますね」

目を閉じるとすぐに強い眠気がやってきて、私はそのまま眠ってしまった。


二日後のことだ。

日中に白花家を訪ねてきたのは恵未姉さんだった。

「遅くなって悪かったねえ」

門のところで私のバッグとスマホを渡して、恵未姉さんはニッと笑った。その頬に痣のようなものがある。

「恵未姉さん、とりあえず中へどうぞ。頬はどうしたの?」

「ああ。ここでいいや。私も用事あるし。頬はママに叩かれただけ」

「ええ!?」

ぎょっとした。母は精神的に不安定なときも多かったけれど、遠ざけられていた私は暴力を振るわれた覚えがなかった。もしかすると、姉たちは母に叩かれたこともあったのかもしれない。

「家を出てやったんだ～。今、女友達のところに泊まってる」

「お友達のところに？　学校はどうするの？」

「大学側には事情を説明して、緊急で奨学金の貸与申請をしたわ。勝手に退学届を出されないように不受理の申請も出したから、辞めさせられることもない。これで卒業まで通える」

恵未姉さんはすっきりした顔で言う。自分で動きだしているとは聞いていたけれど、金策や退学届の不受理申請まで済ませていたとは。

「恵未姉さん、才条家から離れるんだね」

「そう。これで『就職は花満グループに』とも『藪椿家の後妻に』とも言われない。好きなことをして、好きな場所で生きていける。次に付き合う男は金になびかない男にするけど、まあ恋愛も自由よ。悪いわね、恵那より幸せになっちゃいそうで」

そう言って意地悪く笑う姉は、二十年来の姉のままだけれど、そこに悪意は一切なかった。恵未姉さんは私と和解したいとは思っていないのだろう。

今更仲良くできる関係ではなく、それには私たちの間に横たわってきた時間が邪魔をする。

ただ、大人としていい距離で関わり続けることはできるのかもしれない。

「恵未姉さん、本当にありがとう。この先困ったことがあったら、相談して」

「だから、あんたも響一郎サマも頼らないっつうの。じゃあね」

恵未姉さんはさっさと踵(きびす)を返して去っていった。

その後、才条家からの連絡は一切なかった。

八　愛の結実

　年が明けた。今年のお正月も年末年始ともに三橋さんが手伝いに来てくれたため、年始の来客対応はすっかり任せてしまった。

　それというのも、私の出産予定日まで一ヵ月を切っているからだ。

　大きくなったお腹でよちよちと家中を歩き回っていると、響一郎さんがとにかく心配する。

「恵那、少し座っていたらどうだ」

　今日も三橋さんと一緒に台所仕事をしていると、顔を覗かせてそんなことを提案してくるのだ。

「お医者さんもどんどん動いていいって言ってましたよ」

　一週間に一度になった健診では、いつ産まれてもいい時期だと聞かされている。

「響一郎さま、あまり安静にしていてもいけないんですから、過保護はおやめくださいね」

　三橋さんが厳しい顔で注意する。

「ほら、響一郎、居間に戻れ。将棋の続きだ」

声をかけてくるのは松次郎翁。おじいさんだ。

一昨年、私が嫁入りした年は体調を崩していたおじいさんは、曾孫（ひまご）ができると聞いた途端すっかり元気を取り戻した。隠居邸宅にこもりきりだったのが嘘のように、最近はお供を連れて本家にやってきては、響一郎さんと将棋をさしたり相撲のテレビ中継を観たりしている。

お正月中なので響一郎さんが家にいると踏んで、今日も朝からやってきている。こうして家に人が多いと、家族が増えたみたいで私はちょっと嬉しい。

「松次郎さまは、曾孫が生まれたら面倒を見なければならないからと、最近はお屋敷で体力作りをされていますよ。肉や魚も以前よりずいぶん召しあがるようになって」

「そうなんですか？　確かに少し体格が大きくなられたような……」

三橋さんの言葉に頷く私。もとからおじいさんは年齢の割には体格がよかったけれど、出会った頃は痩せていた。今は中肉くらいまでになっているように見える。

「九十一歳になられたんでしたよね。お若く見えます」

「夏には九十二歳ですが、見えませんね。私の方が先に引退しそうですよ」

そう言う三橋さんも七十代後半なのだと思い出す。六十代だと言っても充分通用しそうだけれど。

「さて」

三橋さんはお茶の準備を整えてから、私のお腹をぽんぽんと触った。

「やっぱり。奥さま、お腹が張っていらっしゃいますよ」

「あは。ちょこっとですよ」

「動くのは大事ですが、張っているときに無理をする必要はありません。この後、大事な行事がおありでしょう。それまで響一郎さまたちの近くでお休みくださいませ」

促されて、しぶしぶと居間に向かう。

和洋室の居間では床に将棋盤を置いて、響一郎さんとおじいさんが将棋をさしていた。

私はふたりの隣にある座卓にお茶を置いた。

「恵那さん、この前は絵をありがとう」

おじいさんが盤面から顔をあげて言った。絵というのは私が描いた水彩画だ。

私の趣味が絵を描くことだと知ったおじいさんが、リクエストしてくれたのだ。

「ばあさんの若い頃の写真は白黒ばかりでね。恵那さんが描いてくれたおかげで久しぶりに色のついたばあさんを拝めたよ」

響一郎さんのおばあさんの若い頃の写真をお借りして、背景はこの本家の縁側にした。自分の中で画像を合成するのは初めてだったけれど、なかなか面白い経験ができたと思っている。

「でも、あまり上手ではないので恐縮です。人物画は祖母しか描いたことがなかったですし」

「いやいや、たいしたもんだよ」

「そうなんだ。恵那は謙遜するが、俺もとてもうまいと思う」

響一郎さんは盤面から目を離さずに言う。さらりと褒めるので照れてしまう。

私はふたりの近くのソファに腰かけ、祖父と孫の対局を見守った。三十分ほど経つと、待っていた客がやってきた。

響一郎さんとおじいさんは勝負を中断し、私と三橋さんも門まで出る。

やってきたのはお抱えの庭師さんたち。白花家本家やおじいさんの庭の手入れを担っている。温室の手入れも彼らがやってくれているのだ。

「こちらに植えていきますので」

用意されていたのは桜の若木。

門の横、以前桜の木があった場所を年末に整地した。今日はここに新しい桜を植えるのだ。

「すぐには咲きませんが、五年くらいで花をつけるようになりますからね」

作業をしながら、庭師さんが言う。

「その頃にはこの子も五歳か」

響一郎さんが私のお腹を撫でて言った。生まれてくる子と同じ年の桜を植えようと言ったのは響一郎さんだ。そして、昨年の約束を覚えてくれているのだろう。ふたりで毎年桜を眺めたいと言ったあの春の日だ。

「一緒に大きくなっていく桜。楽しみですね！」

「花が咲く頃、この子の弟や妹もいるかもしれないなあ」

おじいさんも嬉しそうに言った。

そうだ。ふたりで見あげた桜もよかったけれど、家族みんなで見あげたらきっともっと美しく感じられるに違いない。

「おじいさん、それまで元気でいてくれよ」

響一郎さんが言い、おじいさんがからっと笑った。

「百歳まで生きるから、心配ご無用」

すっくと立つ桜の若木を見て、私たちは思い思いの未来を想像した。希望に満ちた新年だった。

　小正月を過ぎると今年も梅見会の時期である。

　出産間際ということで、私は不参加だ。響一郎さんも今年は時期をずらそうかと考えていたようだけれど、予定通り執り行ってもらった。梅見会は花満グループ主催の大きな行事である。昨年、分家筆頭の二家を中心に揉め事が起こったばかりで、例年通りに行事を行うのは大切だろうと思ったのだ。

「何かあったらすぐに呼んでくれ」

　梅見会当日、響一郎さんはしきりにそう言う。デザインスーツ姿で髪をオールバックに撫でつけた彼は、いっそう素敵に見える。

「三橋さんもいてくれるので大丈夫ですよ」

　玄関まで見送りに出た私は笑顔だ。

「予定日間近。何があってもおかしくないと思ってる」

「心配性ですねえ」

　私の頭を撫でる手をはずし、ぎゅっと握った。激励の意味を込めた握手を、響一郎さんも握り返してくれる。

「行ってくる」

「はい、いってらっしゃいませ」

本当はお腹が張る感じが昨晩からずっとあった。しかし、予定日は来週。きっと、強い張りもじきに収まるだろう。

見送りを終え、玄関を閉めると三橋さんが言った。

「奥さま、本当はお腹が苦しいんじゃございませんか？」

ぎくりとした。やはり三橋さんはするどい。五十代の息子さんがいると聞いたことがあるけれど、出産経験があるからわかるのだろうか。

「ちょっと強く張るくらいなんで、本番の陣痛には繋がらないとは思いますよ」

「それはわかりません。一度お休みなさったらいかがです？」

「それじゃあ、ソファに座ってみようかなぁ」

よいしょとおしりをソファの座面に預けると、三橋さんが膝にブランケットをかけてくれる。さらにはノンカフェインのお茶を用意してくれた。

お腹は徐々に張りを通り越して、痛いような感覚に変わりだした。

これは普段と少し違う。

そうは思ったけれど、お産の間際には周期的な痛みや張りがくると聞いている。今はずんと重苦しく、たまに痛いという程度。

「奥さま、お昼は召しあがれますか？」

三橋さんに尋ねられ、ハッとした。

午前中の数時間、ソファで痛みと張りの周期を追ってしまっていた。……というか、時間があっという間に過ぎていったようにも思える。

「少し、食べられるかも、です」

痛みや張りを瞬間的に耐えるので、喋ると息遣いが荒くなると気づいた。

三橋さんもそんな私の変化を知って、細々と動き回る。

「小さなお海苔巻きを作りました。手で食べられますからね」

「三橋さん、ありがとうございます」

「一応ですけれど、響一郎さまにご連絡いたしますか？」

私は首を左右に振った。

「まだ大丈夫です。そんなことしたら、響一郎さん、飛んで帰ってきちゃいそうで」

「確かにそうでございますね。奥さまのこととなったら、とんでもなく過保護ですから」

本当に、人嫌いで陰鬱と噂された人はどこに行ってしまったのだろう。今や愛妻家で早くも子煩悩になりそうな響一郎さんだ。

午後になると痛みがはっきりし、周期的になってきた。このままお産に繋がるのは間違いないだろうと私も覚悟し始める。同時に、強くなる痛みに不安も湧いてくる。

十五時、痛みが十分おきになったところで産院に電話をした。

「響一郎さんはまだ夕方まで梅見会だと思います。すぐには産まれないでしょうから、産院に着いて少ししたら連絡を入れようかと思います」

「いけません。私からご連絡を入れておきます」

三橋さんがタクシーを呼びながら怖い顔で言う。

「でも」

「命の誕生ですよ。こんなときに遠慮していてどうします。その方が響一郎さまは悲しみますよ」

どきりとした。以前、恵未姉さんに言われたことを思い出した。堂々としていろと姉は言った。それは卑屈にならず、対等な立場で夫婦関係を営めという姉からのアドバイスだ。

(私……いつも自分を後回しにしてた。でも、赤ちゃんは私だけの問題じゃない)

「わかりました。三橋さん、響一郎さんに連絡をお願いします」

三橋さんに家を任せて、ひとりタクシーに乗り込んだ。産院に到着して驚いたのは、迎えに出てくれた看護師さんと一緒に、響一郎さんがすでにそこにいたことだ。スーツからジーンズに着替えている。

「響一郎さん⁉」

「今日の会は最初から、早めに始めて早めに終わる予定だったんだ。帰り仕度を済ませたところで三橋から連絡があった」

お産に備えて、梅見会の時程まで変えていたなんて想像もしなかった。おそらく、私に話すと気を遣うと思って、響一郎さんは黙っていたのだろう。

「う……」

響一郎さんは痛みで立ち止まる私を支え、顔を覗き込む。

「傍にいる。出産、頑張ってほしい」

「はい……！」

響一郎さんの顔を見たら、お産への不安がどこかへ行ってしまった。

陣痛はどんどん激しくなっていった。

最初は背を丸めて耐えていた痛みが、どの姿勢でもつらくなる。響一郎さんが手を握ってくれるけれど、必死に握り返してしまった分、彼も痛かっただろう。陣痛中はすべてに余裕がなかった。

分娩台に移動したのは夜になってから。破水し、いよいよ耐え難い陣痛の波に私は悲鳴をあげ、何度か気絶しかけた。

その夢は何度目かの気絶の間に見たものだった。

『おばあちゃん』

祖母がいた。私は小学生くらいで、離れで絵を描いていた。祖母は向かいの席で私の冬用のニット帽を編んでいた。

『おばあちゃんは、私が男の子ならよかった？』

祖母が編み棒を止めて、顔をあげた。少し困ったような顔をしていた。

『なんだい。誰かから言われたのかい？』

『貴恵姉さんと恵未姉さんに言われた。私が男の子じゃなかったから、お母さんは私が嫌いなんだって』

祖母は目を丸くし、それから悲しそうに眉をひそめた。

『恵那、そりゃお母さんを恨むんじゃないよ。おばあちゃんが悪いんだ』

首をかしげる私に祖母は続ける。

『おまえが産まれたときにね、おばあちゃんはついおまえのお母さんに言ってしまった。〝また女の子か〟ってね。おじいちゃんが亡くなったばかりで、なんとしても才条家の跡取りをって考えている時期だったからね。もとからおまえのお母さんとは気が合わないけれど、あれが決定的だったんだろうね』

祖母は編み途中のニットをテーブルに置いて、私の前に回り込んできた。

『おまえがお母さんに疎まれるのは、全部おばあちゃんのせい。ごめんよ、恵那』

『……おばあちゃんは、まだ私が男の子の方がいいって思ってる？』

母との関係より、このときは祖母の気持ちが気になった。祖母が私の存在を残念だと思っていたら、それはとても悲しい。すると、祖母は首を横に振った。

『女の子でよかった。いいや、男でも女でも関係なかったね。だって、おまえはこんなに可愛いもの。産まれてきてくれただけで、おばあちゃんは嬉しかったのに。なんであんなこと言ったんだろうねぇ』

そう言って、祖母は私を強く抱きしめた。

祖母の深い愛情が悔恨からきているのはわかっていた。私を家族から孤立させてしまったと考えていたのだろう。実母に疎まれる原因を自分が作ったと思っていたのだ。

私が覚えている限り、祖母は才条家の実務からは遠ざかり、六十代のうちに離れで隠居していた。私を育てることだけが祖母の暮らしだった。それは、父に代替わりしたことで母を刺激しないようにしていたのだろう。

祖母と母、どちらがどう悪かったか、私には知る由もない。お互いに性格がきつく、強い言葉を選んで口にする。だから、嫁姑間がうまくいかなかったのは仕方ない。めぐり合わせで私が疎まれたのも仕方ない。

だから、私は祖母の言葉だけを心に飾っておく。

『産まれてきてくれただけで嬉しい』

そうだよね、おばあちゃん。私もそう思う。

だからこの命は、産まれてきてくれるだけでもう百点なんだ。私はこの子を世界に送り出す。隣を歩いて、背中を押して、いつか自分ひとりで進んでいってくれるように。

ばちんと目の前で何かはじけた。

「短く呼吸してください」

「あと少しですよ」

呼びかけられ、次の瞬間大きな産声が聞こえた。

分娩室に響き渡る赤ちゃんの声。

「恵那！」

響一郎さんが強張った私の手を取る。

視界には臍帯を処理される赤ちゃんの姿。会いたかった小さな命は力いっぱい泣いている。助産師さんが顔を見せに来てくれた。

「いい泣き声。元気な男の子ですね」

「はい……はい……」

私は震える手で真っ赤なその顔に触れた。熱くて柔らかかった。

「恵那、ありがとう。頑張ってくれてありがとう」

響一郎さんが私を抱きしめた感触が、夢の中で祖母に抱きしめられた感覚にだぶった。

病室に移動したのは深夜だった。響一郎さんが付き添い、赤ちゃんもベビーコットで一緒に部屋にやってきた。

長い陣痛の果てに産まれてきてくれた我が子は、真っ黒な髪と瞳をしていて、すでに響一郎さんの遺伝子を色濃く感じさせる。

「正実、正実、お父さんだぞ」

産まれたばかりの息子を抱いて、響一郎さんが名前を呼んだ。ふたりで相談してつけた名前だ。花が好きな私たちにとって、この子は次の世代に繋がる存在。愛が結実した存在だ。

「恵那、本当に頑張ってくれてありがとう」

「ふふ、頑張りました」

「何度か意識がなくなっているようで心配した」

響一郎さんが私の腕に正実を戻して真顔で覗き込んでくる。本当に心配していたのだろう。

「はい。亡くなった祖母と会いました」

「え!?」

珍しく頓狂な声をあげた響一郎さんは、こわごわと私に尋ねる。

「それは臨死体験というやつなのでは……」

「あはは、夢だと思いますよ。私が小学生のときに実際あったことなので、思い出をめぐっていたというか」

「そうか……」

響一郎さんはホッと息をつき、正実を抱く私ごと腕で包んだ。

「この子は白花家の後継者ですね」

私は響一郎さんの腕の中で、我が子の柔らかな頬をつつく。正実はふみゃと声をあげ、泣きそうな顔をしたけれど、泣きそびれて口をもぞもぞとさせた。産まれたばかりなのに、もうずっと一緒にいるような不思議な気持ちだ。

響一郎さんは正実の顔を覗き込んで、ひとりごとのようにつぶやいた。

「跡取りは必要だが、正実が無理して継ぐ必要はない。次の子やその次の子がやりたいと言えば、相談して決めればいい。誰も希望しなかったら、そのときにまた考えよう」

そこまで言って、響一郎さんはハッと私の顔を見る。

「大変な陣痛を乗り越えたばかりの妻に、次の子の話は早かったな。すまない」

「いいんですよ。おじいさんに響一郎さんの家族を増やしてほしいって頼まれてますし、私も家族がもっともっと欲しい。お正月におじいさんと三橋さんが家に来て、庭師さんたちが来て、すごく賑やかで楽しいなあって思ったんです。この子の育児に慣れたら、次の赤ちゃんも欲しいです！」

授かりものなので、確実なことは言えない。でも、望むことは自由だ。

私たち小さな家族を、賑やかで大きな家族にしていきたい。

「そうだな。恵那がそう言ってくれると、心強いよ」

響一郎さんは私の額にキスをして、それから再び抱きしめてきた。

この人は、私とこの子を守ろうとし続けてくれるのだろう。私も、この人を守りたい。産まれたばかりの可愛い息子を守りたい。

「私たち、人の親になったんですねえ」

「ああ、不思議な感じがするな」

実母との関係が良好ではなかった私だけれど、私は母親の使命を全うしたい。祖母がくれた愛を胸に、響一郎さんが与え続けてくれる愛を糧に、この子を育てていきたい。

幸せで今更涙があふれだし、私は少しの間泣いた。我が子を抱いて、響一郎さんの腕の中で。


正実が産まれてからのひと月は、ひたすらに平穏な日々だった。

もちろん、初めての育児に精一杯ではあった。頻回の授乳やオムツ替えに四苦八苦し、抱っこで肩も背中も腰も痛くなった。正実はよく眠る子のようで授乳を終えると次の授乳までぐっすり寝てくれる日もある。この時間に私もぐっすり眠れるのは助かった。

日中は三橋さんが来て家事をしてくれている。夜や休日は響一郎さんが積極的に関わってくれる。オムツ替えも、ミルクの調乳も完璧だ。

一ヵ月健診を終え、お宮参りもした。私と響一郎さんが式を挙げた大きな神社で、今回は家族だけで行った。おじいさんも車椅子で参加できたし、皆で写真も撮れた。

おじいさんは『この写真を遺影にしてくれていいぞ』なんて笑っていたけれど、きっと第二子、第三子のときも同じように言うのだろうなと思う。そのくらい元気でいてほしい。

「あっという間のひと月だったな」

お宮参りと会食を終えて帰ってきた晩、響一郎さんが言った。私は正実に授乳をして寝かしつけていた。本当はお風呂に入れてしまいたかったけれど、授乳中に眠ってしまったのだ。

「大変でしたけど、もしかして話に聞くよりは平和なひと月だったのかも……」

「話って？」

「育児雑誌やネットの体験談では、初めての育児がどれほど大変かって話があふれてるんですよ～」

響一郎さんがくくっと笑う。私の前に温かなほうじ茶を置いて、眠った正実の顔を覗き込んだ。

「なるほど、確かにまだ序盤も序盤だからな。ここから大人にしてやるまでにどれほどの困難が待ち受けるかはわからないな」

「ふふ、なんだか壮大ですね。最初の一年が一番大きく成長するそうなので、きっと大変さも移り変わっていくんでしょうね」

「俺は楽しみだよ」

響一郎さんは私の腕から正実を受け取ると、居間に設置したベビーベッドに寝かせた。私がいつまでもお茶を飲めないと思ったからだろう。正実はよく眠っていて、ベッドに移動しても目覚めない。

響一郎さんが隣に座ってくれるので、私はお茶には手をつけず、そのまま彼の肩に頭を預けた。

「疲れたか？」

「少しだけ」

本当はただ甘えたくなっただけなんだけれど、恥ずかしいから疲れたふりをする。

「正実の育児は順調かもしれないが、絵を描く暇もまだないものな。疲れているだろう」

「うーん、確かに今は鉛筆やスケッチブックを出してくる暇があったらのんびりしたいですね。あ、でも正実の可愛い顔は頭にたくさんストックしてあるので、いつでも取り出して描けますよ」

成長していく姿は毎日頭に焼き付けている。そのうち記憶容量のほとんどが我が子になってしまうのではないかというくらい。

「恵那は本当にすごいな。その能力もだが、性格が前向きで力強い」

「そうですか？」

「ああ、そんなきみだから好きになった」

そう言うと、響一郎さんは私の髪を撫でる。期待して見あげた私の唇に、響一郎さんのキスが落ちてきた。

優しいキスに情熱が見えそうになったところで、響一郎さんが唇を離す。

「恵那、好きだ」

「私も」

「疲れているきみにこれ以上無理はさせない」

そう言ってぐいっと身体を離す彼に、私は慌てた。

甘えたくて『疲れた』と方便を使ったのだ。確かに育児も今日のお宮参りも疲れているけれど、でもそれを理由に響一郎さんとくっつく機会を逸するのは……。

「疲れてません～！」

言葉に迷った挙句、私はソファを立とうとした響一郎さんに情けなくもしがみついた。

「恵那？」

「響一郎さんとくっついていたいです。疲れてるとか関係ないです」

顔をぐりぐりと彼の胸に押し付けると、響一郎さんがわずかに頬を赤らめた。

「いいのか？」

「いいです……。ぎゅってしてもらいたいです」

「そういう誘い方をされると」

妊娠判明から今日まで、所謂性的な接触はしていない私たち。響一郎さんが狼狽して、視線をそらし、それからソファに座り直した。

じっと私を見る綺麗な黒い瞳に、ぞくぞくする。

「我慢できなくなるぞ」

「我慢しなくていいです」

私だって彼が欲しい。私たちは唇を重ね、そのままソファに沈み込んだ。

春、正実は間もなく生後三ヵ月を迎える。首は完全には据わっていないが、だいぶしっかりしてきた。笑顔も見せるようになり、どんどん可愛らしくなる息子に、響一郎さんは溺愛モードのようだった。

以前より泣く力は強くなったので、圧倒されるし、新生児期より睡眠にバラツキが見え始めた。そんな育児の苦労も今はいとおしい。

日曜日、私たちは三人で縁側にいた。春の日差しを浴びながら庭を眺めていたのだ。まだ仰向けでしかいられない正実も、日差しが心地よいようでご機嫌に鈴のついたおもちゃを振っている。

「あぁー、あうー、くうー」

「可愛い声だ。喃語（なんご）というんだよな」

正実の頬をくすぐって響一郎さんが言う。私は頷いて、正実の手からこぼれたおもちゃを握らせてあげた。

「最近、どんどんお喋りになってきましたよ」

「言葉も早そうだな。お父さんとお母さんと呼ばせたいんだが、いいかな」

「私も想定して、『お母さんだよ～』って正実に呼びかけてました」

そんな昼下がりに私の電話が鳴った。

ぎくりとしたのは父の名があったからだ。

「響一郎さん……」

私は窺うように夫を見た。

現時点で、才条家は分家から正式に離脱はしていない。父も姉もいまだ花満グループ内で働いている。しかし、本家の行事や集まりにはもう呼ばれることはない。扱いとしては藪椿家、野分家もそうだ。

「出ても出なくてもいい」

私が実家を切り捨てられないと知っているのか、響一郎さんは目を伏せて言う。悩んだものの、スピーカー状態にして通話を繋いだ。

「もしもし」

『恵那か。すぐに出られるか？』

「え？　なんですか」

『母さんが倒れた』

ぎょっとした。

母が、倒れた……。それは命が危ない状況なのだろうか。

父は病院名だけ告げて電話を切った。慌てている様子だった。

私が困惑の表情でいると、響一郎さんが口を開いた。

「行ってきていい。正実は俺が見ているから」

「でも、響一郎さん」

「もし母親の命に関わるなら、ここで行かないことが恵那の心のしこりになるだろう。その方が俺は嫌だ」

本当に私の夫は、私のことをよくわかってくれている。

「わかりました。行ってきます」

「以前のように危険があればすぐに連絡をしなさい。本当は俺が一緒に行きたい」

「どんな状況かまだわからないので、正実を見ていてください。響一郎さん、本当にありがとう」

私は正実を抱きあげて頬にキスをし、響一郎さんの腕に預けた。

鞄にスマホと財布だけを入れ、家を出た。心臓がドキドキと妙な音で鳴っている。

母が倒れた。病気だと考えればいいだろうか。命は助かるのだろうか。

タクシーで到着した病院。救急の待合ベンチに父と貴恵姉さんがいた。

「お母さんは？」

「家で昼前に倒れた。脳出血かもしれないと、今全身の検査をしている」

父が硬い表情で答える。家族には不干渉の冷たい父も、目の前で伴侶が倒れたのはショックだったようだ。

「命は？」

「搬送されるときは意識があったけどね。手術になるかもわからないわ」

貴恵姉さんは苛立った様子だ。不安の裏返しなのはわかる。

「恵未はまだ連絡がつかないし。まったくどうなってるの？」

恵未姉さんは父の電話を無視したのだろう。貴恵姉さんからの連絡もブロックしている可能性がある。

私が連絡できると言うと問題が起こりそうなので、しばらくしてトイレに行くふりをしてメッセージを送っておいた。

【お母さんが倒れました。今、詳しく検査中だそうです】

三十分ほどすると着信があった。恵未姉さんからだ。またしてもこっそりと病院の外へ行き、通話する。

『悪いけど、行かない』

『もう、どうしようもないことだってあるでしょう？　あのときだって……』

恵未姉さんはそう言った。

「もし、命に関わることになったら……」

『それでも。ママに対するわだかまりが解けたわけじゃないから』

恵未姉さんの言葉は冷たい口調ではない。悩みに悩んでの言葉なのだろう。

『恵那、あんたも無理してそこにいる必要はないよ。あんたは家族みんなに嫌な目に遭わされ続けた。こんなときまでいい子のふりしたって、あんたが損するよ』

真実だと思った。恵未姉さんの言う通り、私は家族にもう気持ちはない。

「わかってる……。たぶん、私が納得したいだけ……」

『ん、それならいい。困ったら言いな。加勢してあげるから』

恵未姉さんの口調はどこか寂しげで、らしくなかった。彼女の戸惑いが伝わってくるようだった。

母の検査結果はすぐにわかった。やはり脳内で出血が起こっているそうだ。運ばれた病院で神経内視鏡手術ができるため、これから手術になると言う。

「もしかすると、一部に麻痺(まひ)が残るかもしれません」

医師はそう説明した。脳出血では聞く後遺症だ。それでも手術をしない選択肢はなく、父と姉は応じた。

「私は、今日は帰ります」

手術はまだ数時間かかると聞く。ここで待つことも考えたが、響一郎さんと正実のことが気にかかった。病院のロビーで父と姉に頭を下げる。

「恵那」

貴恵姉さんが私の前に立った。疲労と苛立ちから、いっそう険のある顔になっている。

「母さんが退院してきたら、あなたが介護しなさい」

「え……」

私は凍り付いた。姉は何を言っているのだろう。

「私と父さんは仕事があるの。母さんに後遺症がどれほど出るかわからないけれど、介護がいるでしょう。専業主婦で暇なあなたがやりなさい」

「おかしなことを言わないで、貴恵姉さん。私はもう才条家の人間じゃない。子どもも小さいし、実家で介護はできないわ」

「実母の介護を断るなんて、恐ろしい女ね」

貴恵姉さんがハッと吐き捨てるような笑い声を漏らした。

「おばあさまのときもできたでしょう。あれよりは楽よ、きっと」

「貴恵姉さん、いい加減にして。人の心をなんだと思ってるの？」

「恵那、私からも頼みたい」

父が歩み寄ってきた。焦燥の表情で私を見つめる。

「本家に楯突いて処分されたことに文句は言わない。藪椿家と野分家のように不満を声高には叫ばない。だから、恵那、どうか力を貸してくれ」

「……私は……」

私は才条家の犠牲じゃない。祖母の介護は祖母を愛していたからできた。

私を嫌い、疎んでいた母の介護を、どうして私ができるというのだろう。幼い我が子を抱えながら、嫌い合う実母を介護するのが正しいのだろうか。

「……帰ります」

私はひと言だけ口にし、逃げるようにロビーを出た。


帰宅すると、ちょうど響一郎さんが正実を寝かしつけ終わったところだった。さぞ苦心したようで、居間はおもちゃや毛布、哺乳瓶などが転がっている。

当の正実はベビーベッドですやすやと寝息を立てていた。

「恵那、おかえり。どうだった？」

「命は助かるそうですが、脳出血で後遺症が出るかもしれないそうです」

私はうつむきがちに答え、それから響一郎さんの胸に顔を押し付けた。

「恵那？」

「助かりました。響一郎さんが頼りになるお父さんで嬉しいです」

「まだまだだよ。実は結構、苦戦したんだ」

そう言って苦笑いする響一郎さんに、私は微笑み返す。

父と姉に言われたことは響一郎さんに話さなかった。

だって、私は応じる気がない。今更、家族の務めを果たせと言われて、私にできることなんかないのだ。

そう思いながら、心が重かった。足元から黒い水がしみてくるような感覚がする。

嫌な嫌な感触だった。

九　壊れた巣からの旅立ち

恵未姉さんと会ったのは三日後のことだった。

正実も一緒だったので、家の近くのレストランに個室を取って、来てもらった格好だ。

「はじめまして、甥っ子」

恵未姉さんはまず正実を抱きあげ、にこにこ笑った。私には見せたこともないような優しい笑顔だ。

「何？」

「いえ、恵未姉さんもそんな顔するんだと思って」

「あんたの前じゃ意地悪な顔しかしてないもんねえ」

そう言って、いつもの憎たらしい顔を作る。恵未姉さんが家族の中で自分の役割を果たすために私を攻撃してきたのが、今はもうなんとなくわかる。

才条家ではそうしないと、恵未姉さんすら立場が危うかったのだ。

母の容態については父から連絡を受けていたので、内容を恵未姉さんに話した。

「対処が早かったし、血の塊がカテーテル手術でうまく除去できたから、来月には退院できるみたい。もう会話も問題なくできるらしいよ」

「でも、右手と右足の一部に麻痺が残った、と。なるほどね」

「麻痺はリハビリで改善することも結構あるって」

個室にランチのパスタが到着する。恵未姉さんは正実を抱いたまま、「先に食べな」と促した。

「いいの？　パスタ、伸びちゃうけど」

「赤ちゃんを抱っこする機会なんかないんだから、堪能させてよ。ほら、食べて」

姉さんが気を遣うのも驚きだが、ありがたくそうさせてもらうことにした。正実が産まれてから、急いで食べる習慣がついていた。あまり待たせずに済むだろう。

「恵未姉さん、お仕事は？」

「は？　超小さい輸入食品の卸売り会社だけど？」

「なんでちょっと喧嘩腰なの」

「うるさい。花満グループの力を使わなければ、私が一流企業になんか入れるわけないんだっつうの」

文句を言いながらも、恵未姉さんは別段つらそうにはしていない。

「まあ、まだ始めたばかりだし、すぐ辞めたくなるかもしんないけど、奨学金返さなきゃならないし。しばらくは頑張るわ」

「うん、頑張ってね」

「だから、お見舞いにも実家にも行かない」

恵未姉さんはきっぱりと言った。

「私の人生を、自分たちの人生だって誤解してるから。父さんと貴恵姉さんは」

それは私も感じていた。才条家のために尽くして当然だと考えている。

「恵那、あんたも行かない方がいい」

「……手伝いに来てほしいと言われてるの。お母さん、満足に家事もできないだろうから」

「そんなの使用人を雇えばいいでしょ」

「そうよね……」

答えながら、本当にそれでいいのかと自問自答する。

父からは母の病状の報告とともに、あらためて介護に来てほしいと頼まれている。

「はい、交代」

私が食べ終わると、恵未姉さんは正実を私の膝に戻してきた。

そういえば、正実は恵未姉さんに抱かれてもまったく泣きもぐずりもしなかった。

「私が伯母さんだってわかるのかしらねー」

「……私たち、顔も声も結構似てるかもしれないね」

恵未姉さんは母に似て華やかな顔立ちだと思っていた。だけど、こうして見ればパーツの配置や雰囲気、そして声が私とよく似ていた。

「恵那と似てるなんて嫌ァ」

恵未姉さんはケラケラ笑って、少し冷めたパスタを食べ始めた。

母が倒れてから一週間、この日私はお見舞いに行く予定にしていた。

響一郎さんが正実を見ていてくれるというので、一度顔を見ておこうと思ったのだ。術後、まだ母と話していない。

母の介護や実家の手伝いに行くつもりはないけれど、母がどう思っているか知りたかった。母がもし、私の手を借りたいと思っているなら……。

病気で心身ともに弱っているだろう母に頼まれたら、私は断れないかもしれない。

それは私の心の奥に、いまだ母を求める部分があるからだろうか。血の繋がった親を、心から切り離すのは難しい。

響一郎さんに、母の介護についてはまったく話をしていない。響一郎さんが反対するのがわかるからだ。私が彼の立場でも反対する。関係のよくなかった実家に尽くす理由はなく、私には生後三ヵ月の息子がいる。

しかし、それを踏まえても判断するなら自分でしたかった。

日曜の病院は外来が休みなので静かだった。それでも病棟に入れば、看護師や患者が行き交い、同じような面会の人がいる。中庭やカフェテラスはもっと人がいるだろう。

母の病室は個室だった。部屋の前に立ち、数瞬ためらう。なんと言って入ればいいだろうか。

すると、引き戸に手をかける前に中から話し声が聞こえた。

母と……貴恵姉さんだ。

貴恵姉さんがいては母と正面から話し合えないだろう。出直そうと離れかけると、母の怒声が聞こえた。

「嫌よ！」

「母さん、手術したばかりなんだから落ち着いてちょうだい」

聞き耳を立てるのはよくないと思いつつ、引き戸から離れられない。すると、なおも母の声が聞こえてきた。

「恵那に私の世話をさせるなんて駄目！　あの子、私を恨んでいるもの！　絶対にひどい目に遭わされるわ！」

「恵那はお人好しの馬鹿よ。そんなことしないわ」

「あのお義母さまに育てられた子よ！　私はあの子を娘だなんて思ってない！」

知らず、拳を握りしめていた。怒りからではない。震えと嗚咽をこらえるためだ。

声はなおも聞こえてくる。

「本家の嫁だからって私たちを見下して……。ああ、嫌だ」

「母さん、声が大きいわよ」

馬鹿だった。

ここに来るまで、私はわずかでも母と対話できるつもりでいた。病を経た母に変化を期待していた。母娘関係の修復は無理でも、以前より人間として向き合えるようになるのではないかと考えていた。私と恵未姉さんがそうだったように。

いや、私はそうなりたかったのだ。

「恵那の前でそんなことを言わないでよね。愛想よくしろとは言わないけど、大事な娘とでも言っておけばいいわ。あの子を使ってやると思えば、我慢できるでしょう」

「嫌だって言ってるでしょう。恵未を呼んで！　そうでなければ、貴恵、あなたが仕事を辞めて私の面倒を見てちょうだい」

「母さん、馬鹿を言わないで。私は才条家の跡取りよ。腑抜けたお父さんはろくに稼げないし、あと数年で退職。私がどこの大学を出てると思ってるの？　私が仕事しないのは社会の損失よ！」

終いには母も姉も怒鳴り合っていた。

自身の尊厳だけを重視し、他者を蔑ろにする言い合いを、それ以上は聞いていられなかった。ドアを離れ、面会受付にカードを返して病院を出た。

帰り道は電車にした。あまり早く帰っても不自然だと思ったし、電車の緊張感があれば泣かないで済むと思ったからだ。

こんなことはなんでもない。むしろ、はっきりと断る理由ができたじゃないか。

そう自分に言い聞かせる。

そうだ、本当はわかっていた。あの母が変わるはずがない。貴恵姉さんの頑迷さは母譲りで、最初から受け入れられていない私が今更母の娘になれるわけがないのだ。

地下鉄を降りて白花家まで歩く道すがら、胸が苦しくて仕方なかった。

門を通り、玄関に入る。

「恵那、おかえり」

玄関先まで、正実を抱いた響一郎さんが迎えに出てくれた。楽しく遊んでいたようで、ふたりとも笑顔だ。

「ただ今帰りました……」

そう口にした瞬間、ぼろっと涙がこぼれた。

「恵那、どうした？」

「大丈夫……」

そう言いながらも泣き崩れてしまった私を、響一郎さんが支えた。

響一郎さんは私の話をじっくりと最後まで聞いてくれた。

泣きやむまで背中を撫でて。

正実は私の腕の中で、きょとんとした顔で見つめていた。

「もっと早く、響一郎さんに話すべきでした。ごめんなさい」

拭いても拭いてもあふれる涙をこすり、正実の頬に落ちた涙を拭く。響一郎さんが横に首を振った。

「俺に言えば、実家と関わるのを反対すると考えたんだろう。そう思わせた俺が悪かったし、何より恵那の心を軽んじていた」

「軽んじてなんか」

「いや、恵那の心は才条家から解放されていない。正実を妊娠して軟禁されかけたあのとき、恵那は完全に実家と決別できたのだと考えていた」

私もそのつもりだった。もう才条の家には戻らない。関わらないと決めたはずだった。

「だけど、恵那の心にはまだ満たされない部分がある。それはきっと才条の家族との関わりだ」

「寂しさは満たされました。あなたに愛してもらったから。正実を授かったから」

一生懸命言い募る私の頬を、響一郎さんがそっと撫でた。

「恵那の心を想像するが、きみは家族に愛されたいんじゃないんだろう。自分の力でこのしがらみから脱却する必要があるんだと思う。きみの中で区切りをつけるべきなんだ」

「私が、自分の力で?」

「これから病院に行こう。俺も正実を連れて一緒に行く。きみの言葉で家族に言いたいことを言えばいい」


響一郎さんの運転で病院に戻ったのは午後で、面会時間の終わり頃だった。示し合わせたわけではないが、病室には父と貴恵姉さんがいた。

母は上半身を起こしていた。それでも術後の母を見るのは初めてで、その衰えた様子に胸が痛んだ。

私が響一郎さんと正実と入室すると、全員に狼狽の空気が流れるのがわかった。分家としては除籍に近しい状況でも、花満グループ企業の社員である以上、響一郎さんは脅威だろう。

「これは、白花家の当主ご夫妻のお越しとは」

「なんの用事？」

父も姉も横柄な態度だけれど、困惑が伝わってくる。

母が私を見ていた。普段私をまっすぐに見ることのない人が。私の腕の中にいる息子のことも見ているようだった。

「恵那、お母さんになったのね」

猫撫で声ではなかった。それでも母にしては優しい声音を作っているようだった。

「孫を抱っこさせてはくれない？」

「お母さん、ごめんなさい」

私はその場で頭を下げた。

「午前中にお母さんと貴恵姉さんの会話を聞きました。お母さんが私を嫌いな気持ちはよくわかりました」

「恵那、それは違うわよ。母さんはあなたを頼りに……」

「貴恵姉さんに何を言われても、もう聞く気はありません。私はずっと、才条家に不必要な子どもでした」

私は貴恵姉さんを見据え、それから父と母を交互に見た。

「それでも、私はたぶん、お父さんとお母さんに愛されたかったんだと思います。ずっとそんな幻想を捨てられなかった。だから、お母さんのお世話も引き受けた方がいいんじゃないかって悩みました」

涙をぐっと呑み込んだ。それから、私は正実を抱いたまま、再び才条家の人たちに向かって頭を下げた。

「やっと目が覚めました。もう才条家には関わりません。お母さんのお世話はお父さんと貴恵姉さんで考えてください」

「恵那！　どうしてそんな」

「私がそう決めたからです！」

断言する私に、それでもまだ父が言い返そうとする。響一郎さんが目で制した。

「才条さん、あなたが閑職に追いやられ、毎日早々に帰宅しているという報告は花満クリエイトの上層部から聞いています。それでどうして、奥方の世話ができないと言うのですか」

「それは……でも、日中は……」

「ヘルパーを雇えばいい。そして貴恵さん、あなたが職場の花満ヒューマンソーシャルでどういった振る舞いをしているかも耳に入っていますよ」

身構える貴恵姉さんに、響一郎さんが冷淡な口調で続けた。

「周囲には、恵那と私の名を出していまだ横柄な態度でいるというじゃないですか。自分が花満グループ総帥の義姉だと強調し、もとの役職への復活を狙っていると」

「私は事実を言っただけで、大きな口はきいていませんわ！」

貴恵姉さんがプライドを傷つけられたと言わんばかりに、真っ赤な顔で声をあげる。

「少し静かにしていただこうか」

地を這うような低い声が響一郎さんから聞こえた。瞳は暗く、光を灯していない。

強い怒りと人間への不信感を宿した瞳だ。敵を討ち倒すための表情だ。

するると、病室の引き戸が不意に開いた。そこに立っていたのは恵未姉さんだった。

「見舞い、一応来たんだけど、すごいタイミングだったみたいねぇ」

「恵未！」

母が突如として叫んだ。

「戻っていらっしゃい！　あなたのことをどれだけ心配していたか！」

「はいはい。口ではなんとでも言えるよね。娘を政略結婚させようとしたくせにさあ。その口で、どうして恵那に優しい言葉のひとつもかけなかったのよ。私が言うことじゃないけど、ママは恵那の母親でしょ」

恵未姉さんは呆れたように嘆息すると、病室に入ってきた。私が抱く正実を一瞬構う仕草を見せ、それから家族に対峙（たいじ）した。

「私も恵那と同感。もう実家には戻んない。私ら才条家の道具じゃないよ。お父さんは愛人と別れて、ママのために時間作んな。貴恵姉さんは、さっきみたいな話をチクられるってことは社内で相当嫌われてんじゃない？　出身大学や家柄を鼻にかけてる暇があったら、自分の状況を見直せっての」

嘲笑するようないつもの口調で言い、恵未姉さんは私を見た。

あんたも言いな。そんな顔をしていた。背中を押されるように私は別れの言葉を口にする。

「この先、家族の病気にもお葬式にも会いに来ることはありません。私の家族は白花家です。そして、亡くなったおばあちゃんです。さようなら」

正実が「あー」と場にそぐわぬ明るい声をあげた。そんな我が子を見ると、こらえていた涙があふれた。

最後に私は母を見つめた。

愛されたかった人。愛してはくれなかった人。だけど、私をこの世に産み落としてくれた人。

「お母さん、お身体が早くよくなることを祈っています」

それが私のこの人への最後の言葉で、決別の言葉だった。

先に病室を出る私に続いて、響一郎さんと恵未姉さんも外に出た。私たちは無言で病院の外まで出る。ようやく息ができたと言わんばかりに恵未姉さんが伸びをして、私に意地悪く笑いかけた。

「何泣いてんのよ。こんなときに」

「だって……」

二十一にもなって、私は両親の愛が欲しかっただけだと気づいてしまった。そして、永劫得られないものだということが今日決定的になった。

「笑いなよ。あんな家を捨ててやったんだから」

恵未姉さんが明るく言い、響一郎さんが労わるように私の腰を抱いた。

「恵未さん、偶然とはいえ助っ人をありがとう。恵那、大丈夫か」

「はい、響一郎さん。恵未姉さんの言う通りです。私、やっと巣から出たんだ」

ぎゅっと目をつぶると、また新たな涙の粒がぼろぼろとあふれた。子どもの頃から長い間溜めてきた悲しみの雫が、今日すべてあふれてしまったようだ。

「もう子どもじゃない。前を向いて飛びます」

私の隣には愛する人がいる。腕の中には最愛の我が子がいる。

泣かなくていい。

壊れた巣の中でうずくまっていた私は、ようやく外に出て、空の青さを知ったのだから。

才条家は、公に分家を除籍となった。すでに集まりなどには呼ばれていなかったが、定例で開かれる花満グループの役員会議で響一郎さんの口から発表された。

恵未姉さんの調べたところによると、父は来年、早期退職が決まったそうだ。愛人との関係を清算したかはわからないが、母の退院時に迎えに行き、世話を焼いていたのは父だったそうだ。

貴恵姉さんは、社内でも退職待ち部署と呼ばれる閑職に再配置転換されたそうだ。白花家との繋がりを笠(かさ)に着て、どの部署でも威張り散らしていたのが災いしたのだろう。結局、周囲に彼女の味方になってくれる人はいなかったらしい。

プライドの高い彼女は会社を辞めることを決め、今は転職活動中。恵未姉さんの見立てでは『あれは性根を直して、プライド捨てないとどこも雇ってくれない』とのこと。恵未姉さんの実体験もあるかもしれない。

母は意気消沈していて、今はまだリハビリも何も手につかないらしい。病の上に、父の愛人騒ぎと早期退職、貴恵姉さんの転職活動。恵未姉さんも実家と縁を切った。ショックを受けていても仕方ないだろうと思った。

しかし恵未姉さんが言うには、私の言葉も母の心に刺さったようだった。

『ママはあんたに嫌われていると思ってた。あんたの〝愛されたかった〟って言葉はショックだったんじゃないかな』

上手に愛せなかった娘、傷つけた娘からの決別の言葉は、母のような人の心もえぐったのかもしれない。どちらにしろ、私が才条家の人たちと交流を持つ日はもうこない。

私はこうして実家と完全に連絡を絶った。恵未姉さんは、たまに才条家の様子を遠くから確認し、私に教えると言っていた。なお、彼女は追加して告げた。

『私が恵那にしてきたことは消えない。だから、恵那と仲良く姉妹になれる日はこない』

それは私も感じていたことだった。私自身にわだかまりがゼロになる日はこないし、恵未姉さんもまた同じだ。私と関わり続ければ、嫌な思い出がよみがえり、罪悪感も覚え続けるだろう。

『私も才条家の歯車のひとつだった。だから、あんたのこれからの幸せを邪魔できない。……連絡はたまにするし、いつかまた顔を見せに来るよ』

恵未姉さんはそう言って、白花家を去っていった。

次姉のことを愛せる日はこない。だけど、姉の未来が明るいことを祈る。恵未姉さんもまた、やっとあの壊れた巣を出ることができたのだから。

恵未姉さんが去っていった日の夜、私はあらためて響一郎さんに報告し、お礼を言った。正実はリビングのベビーベッドで眠っている。

「響一郎さん、やっといろんなことが片付いたように思います」

「恵那、お疲れさま」

私は彼の胸にぼふっと顔を埋めた。甘えたかった。響一郎さんは私のそんな気持ちをよくわかっていて、そっと抱きしめ返してくれる。

「あの日、一緒に病院に行ってくれてありがとうございます。響一郎さんのおかげで、ずっと心に溜まっていた黒いものが全部流れて出てしまったみたい」

「ああ。きみの心が解放されたなら、俺も嬉しい」

響一郎さんは優しく微笑み、言った。

「俺が恵那の家族だ。寂しかった恵那の心を埋めていく。長い時間をかけて」

「もう寂しくありませんよ。あなたがずっと傍にいてくれるから」

「不安になる日がこないように、きみと正実を照らしていきたい。きみが俺の世界を照らしてくれたように」

強い抱擁に身を任せ、私はこぼれそうになる涙を呑み込んだ。

十　あなたの隣で生きていく

七月、梅雨が明け夏本番の陽気である。

正実は生後半年を迎えた。ハーフバースデーというイベントがあるそうだが、まだ正実本人は何をしても楽しめないだろう。

「赤ん坊のイベントというのはだいたい親や親戚が楽しむものなのだろうな」

正実のオムツを替えながら、響一郎さんがしみじみと言う。最近の正実は習得したばかりの寝返りを駆使し、オムツ替え中もじっとしていない。今もころんと響一郎さんの手の中から逃げてしまったところだ。

「こらこら、正実。正々堂々としていなさい」

注意が面白いなと思いつつ、私はテーブルの上のタブレット端末を目にする。

「旅行ですか？」

響一郎さんが開いていたのは温泉地の観光案内だった。

「ああ、正実の半年記念にどうかと思っていた。どうせ、大人が楽しむものなら、恵那に遠出をさせたいなと」

「わ、赤ちゃんと一緒のプランもあるんですね」

旅行の経験がほとんどないため、温泉なども修学旅行の宿を思い浮かべる程度だ。

「ああ、花満グループの関連でもいい施設が全国にあるが、今回は別の場所を検討している」

「あはは、確かにグループ内の旅館やホテルだと、総帥が来た！ってなっちゃいますもんね」

「そうなんだ。仕事が抜けなくなってしまう。子どもがいる部下らに聞いて、考えているところだ。恵那も希望があれば言ってくれ」

「私は三人で過ごせればどこでもいいんですけど……」

それを言ってしまうと旅行にならないし、あまりに自分の意見がないなと考え直し、私は響一郎さんを見つめた。

「海が見える温泉がいいなあ……なんて」

「海か。それは絞りやすいキーワードだな」

正実をつかまえて無事にオムツ替えを終えた響一郎さんが頷く。

「海って通りかかったくらいで、海岸で遊んだことがないんです。あ、でもこれからハイシーズンですよね。今からじゃ海の近くはいっぱいかもしれないなあ」

「あちこち探してみるよ。正実のことを考えれば、遠出といっても限度はあるしな」

私はふふっと笑った。響一郎さんが正実を抱きあげ、首をかしげる。

「どうした？」

「響一郎さんって、すっかり理想のお父さんだなあって思ったんです」

人嫌いだなんて噂され、私と出会った頃はほとんど表情もなかった彼。今は、息子に甘々で家族のために旅行を計画してくれる。私を見る眼差しはいつも優しく、その愛情に私は日々生かされているように思う。

「恵那と正実を喜ばせるためなら、なんでもする」

「そんなふうに言ってもらえるのは嬉しいです」

初めての旅行の計画。楽しいイベントを想像し、私は胸を膨らませた。

響一郎さんが部下の人たちの知恵を借り、穴場と言われる温泉に予約を入れてくれたのは翌日のことだった。


思わぬ来客があったのはその週の日曜のことだった。

藪椿家と野分家の当主がふたりそろって白花家を訪れたのだ。訪問の予定を、響一郎さんは知っていたらしい。

「何時に来るかは聞いていなかったがね」

ふたりを応接間に待たせ、響一郎さんはスーツ姿に着替えている。家では着物姿が多かった響一郎さんだけど、正実が産まれる前後からは動きやすい方がいいとジーンズやチノパンツにシャツといった姿でいることが増えた。

スーツに着替えるということは仕事の延長なのだろう。

「大方、花満グループからの正式な離脱の表明だろう。才条家の分家除籍から、考えていたんだろうな。自分たちも切り捨てられる前に独立しよう、と」

才条家の場合は、私への攻撃的な圧力を重く見たからだ。さらには、跡取りの貴恵姉さんが職場で立場を笠に着て横暴を繰り返したため。

それをどこまで藪椿家と野分家が知っているかわからない。正実を妊娠した当時は、才条家が両家に近づこうとしていたのは間違いない。

「白花家に代わる後ろ盾が見つかったのかもしれないな。もしくは二社を合併して、花満グループに対抗するつもりか」

「大丈夫でしょうか。お家騒動として世間で騒がれるのでは」

正実を抱いて見あげると、響一郎さんはなんでもないという表情。

「少々株価に影響は出るかもしれないが、問題はない。なお、持ち株や利権部分でも、物流と運送の二社とは完全分離できている。彼らが離脱しても、どこかに身売りしても花満商事にダメージはない」

頼もしい言葉とは裏腹に響一郎さんの表情には気鬱があった。響一郎さんのご両親が亡くなったことを喜んだ彼らに生理的な拒否反応があるのだろう。会うのは嫌に違いない。

「すぐに済む。正実と遊んでいてくれ」

響一郎さんはそう言って応接間へ向かった。

正実を背負ってお茶を出しに一度応接間に入った。彼らは私という妻の存在など見えていないようだった。

「これで決別となりますが、他の分家の社員を追い出すこともできませんでね」

「花満商事で引き取ってもらえればいいんですが」

やはり、グループから抜ける話をしているようだった。響一郎さんが無表情で答える。

「ともに働いてきた社員を、家柄ではじき出す。そういうことばかりしているから、藪椿家も野分家も花満グループで立場を失ったんですよ。まだ、わからないようですね」

「響一郎さまはお若いから、お考えが浅いんでしょうな。血縁で守ってきたものがあることをおわかりにならないようだ」

「そうでなければ、私たち長年白花家を支えてきた家に、砂をかけるような真似はされんでしょう」

ふたりの嫌味な言葉に私が苛立つ。彼らが自分たちの家を優先し、本家すら操ろうと動いていたのは間違いないというのに。

「もう結構ですよ。来月頭の定例会で藪椿家、野分家の分家離脱を伝えます。近年、白花家の行事を手伝ってくれている寒川(さむかわ)家が筆頭となるでしょう。花満グループから花満物流と花満運送が脱退することは月末に発表。異論はないですね」

響一郎さんが冷たい声音で彼らに言い放った。彼らの嫌味や恨み節も聞く必要がないのだろう。

そのときだ。響一郎さんの横でサイレンのような着信音が鳴った。仕事用のスマホが鳴ったのはわかったのだけれど、これは……。

応接間から出かけた私も驚いて足を止める。正実が音に驚いて背中でぐずり始めた。

「緊急連絡です。失礼」

そうだ。響一郎さんが言っていた。緊急性が高い連絡事項は着信音が鳴るように設定してあると。

響一郎さんがスマホを手にし、通話を始めた数秒後に、野分社長のスマホが鳴り響きだした。応接間を出て電話に出る彼が声を荒らげた。

「事故⁉」

響一郎さんは通話の合間に私に言う。

「恵那、仕事のPCを持ってきてくれ」

「はい！」

正実を背負ったまま急いでPCを取ってくると、響一郎さんは通話を終えていた。野分社長はまだ通話中で、藪椿社長はわけもわからずきょろきょろとしている。

「花満運送が常磐自動車道で事故を起こした。まだ、ニュースにはなっていないが、SNSで画像や動画が出ている」

PC画面には高速道路での事故の様子が映っている。山と山に挟まれたような道で燃えているのは花満運送のトラックだ。完全に高速道路二車線分をふさぎ、通行できない一般人が撮影して動画をアップしているようだ。

「サイドの防音壁に突っ込んだか。リアルタイムで動画を出しているな。野分社長、車体ナンバーと乗務員はどうなっている」

「は、はい。今、調べている最中で」

野分社長が報告の通話を終え、おろおろと返事する。

私にも動画は見えていた。巻き込まれた乗用車は離れた位置にあり、運転手が助け出されている。その近くにはトラックの運転手らしき人もいた。花満運送の制服を着て、道路上に横たわっている。

一般人の撮影とはいえ、顔が視認できるのはプライバシー的にまずいのではなかろうかとも思うが、身じろぎをするのでトラックの運転手は息があるようだ。さすがに映し続けるのはまずいと思ったのか、周囲から制止されたのか、映像は燃え盛るトラックに移された。そして、生放送自体が不意に終わった。

「車体ナンバーから乗務員がわかりました！」

「この社員だな。家族にすぐに連絡を取れ」

響一郎さんはグループ内の全社員のデータにアクセス権限がある。トラックに乗務していた社員の顔写真つきの情報がぱっとＰＣに映し出された。

「あれ……」

思わずつぶやいたのは私だった。

「どうした、恵那」

私の反応に響一郎さんが振り向いて私を見る。

「顔が違います。さっき、映った人と」

動画に映し出された怪我をした運転手と、PC画面に映る写真が一致しないのだ。

響一郎さんは私の能力をよく知っている。その上で確認するように私を見つめた。

「数年前の写真だ。違って見えても不思議はない」

「いいえ、鼻と顎がまったく違います。これは別の方ではないですか？」

響一郎さんは一瞬黙り、それから野分社長に視線をやった。

「乗務したのが本当にひとりだったか、確認しろ！」

「い、いえ。それはおそらく、ひとりのはずで……この区間は……いつもひとりだと報告を……」

「今すぐに営業所に直接電話をかけろ！」

響一郎さんの鬼気迫る声に、野分社長が悲鳴のように「はい！」と返事をした。

電話をかけて、一分もしないうちに野分社長は真っ青な顔で響一郎さんを見た。

「も、申し訳ございません。今回に限り、このトラックにはもうひとり乗務員が乗っており……」

「今ＳＮＳの情報を見る限り、現場の怪我人はふたり。ひとりの乗務員の行方がわかっていない……！」

響一郎さんは自ら警察に連絡を入れた。

常磐道の事故で花満運送の社員がひとり行方不明となっている。トラックに取り残されているなら至急救助してほしいと。

状況確認のため、現地に近い花満商事の支社の人間も急行させた。

トラックの中に取り残されていれば、救助は絶望的だろう。それでも、このまま放っておくことはできない。

「恵那、すまない。花満グループとして対応すべき事案だ。これから出る」

「はい。こちらは大丈夫です。いってらっしゃいませ」

「藪椿社長、野分社長、すぐに幹部を集めて対応にあたる」

響一郎さんの命令に、年かさのふたりが叫ぶように「はい！」と返事をした。


事故はすぐにテレビで報道された。先ほどの生放送の動画はアーカイブが残されてはいなかったものの、テレビ局が放映権を得たらしく、個人が映らないような場面だけ繰り返し放送されていた。怪我人が出ているという情報が出て、やがてその人数が三名だと表示された。

夕方、響一郎さんから電話があった。

『恵那、お手柄だ』

第一声がそれで私は面食らう。

「怪我された運転手の方、大丈夫でしたか？」

『ああ、運転手は映像の通りすぐに助け出された。もうひとり助手席に乗務していた社員は車から投げ出され、防音壁の隙間から山の斜面まで飛ばされていた。両名とも重傷だが、命は助かった。巻き込まれた乗用車の運転手は骨折だと聞いているが命に別条はない』

ホッと気が抜けたような感覚だった。会ったこともない社員の男性たちだが、事故に遭って命が失われなかったのは本当によかった。

『詳しい報告はまた後だ。遅くなるから、先に寝ていてくれてもいい』

響一郎さんは慌ただしい中、私に一報をくれたのだろう。ひとまず安堵し、私は正実の世話に戻った。

その後、正実が眠った深夜に帰宅した響一郎さんは、事の顛末(てんまつ)を説明してくれた。

花満運送のトラックに二名が乗務していた理由である。

まず、野分社長は響一郎さんの度重なる指導を無視し、トラックの乗務員に超過勤務、過重労働を強いていたそうだ。長距離を交代なしで運転させ、連続で業務につかせることを繰り返し、それらを経営努力だと言っていたのだから呆れたものである。今回、事故を起こしたトラックもそうした体制が原因だった。

乗務予定だった運転手が体調不良を起こしたものの、代わりの運転手がいなかった。不憫に思った先輩乗務員が休み返上で交代要員として同行したそうだが、彼もまた連続勤務が明けたばかり。助手席で乗務中に仮眠を取って、途中で交代しながら行こうとふたりで決め、営業所の上長も黙認した。

花満運送本社に相談することはできなかった。営業所の怠慢と管理力不足を責められるからだ。

結果、運転手は高熱で意識を失い今回の事故が起こった。

「花満運送営業所は二名で乗務していたことを一部の人間しか知らなかった。だから、恵那があの場で気づいて指摘しなければ、山中に放り出された乗務員の救出は遅れていただろう。燃え盛るトラックで救助活動をすれば、消防や警察に二次被害もあったかもしれない」

響一郎さんはスーツのまま、ソファにどさりと座る。隣に座った私の頭を撫でた。

「本当にお手柄だ。恵那の映像記憶のすごさは知っていたが、人命救助に繫がったよ」

「運がよかったんですよ。プライバシー無視で動画を撮って生放送していた人がいたから……。こういう人はどうかと思いますけど、救助の役に立ったのは幸いでしたね」

言葉を切って、私は彼を見つめた。

「響一郎さん、今回の事故は花満グループには大きな問題になるんじゃないですか？」

響一郎さんはふうと息をつき、困ったような顔をした。

「まあ、そうなる。残念ながら、花満運送はまだ花満グループの企業だ。そして野分社長の強いていた経営体制を指導しきれなかった責任は俺にある」

「そんな……響一郎さんを欺いていたのは野分社長なのに」

「こういうときに責任を取るのが、トップの仕事だよ」

響一郎さんはふっと笑った。

説明や謝罪に明け暮れる日々が始まるのだろうか。警察には事情を聞かれるかもしれないし、労働基準監督署は調査に入るだろう。マスコミには騒ぎ立てられるに違いない。彼はその対応のため、こんな時間まで動いていたのだから。

「ともかく、事故は起こってしまった。でも、誰も死ななかった。今日のところはそれでいい」

「響一郎さん」

「恵那、ありがとう。本当はもっとねぎらってあげたいんだが、旅行は延期しなければいけないかもしれない」

私は彼の腰に腕を回し、胸に顔を押し付けた。

「いいんですよ、そんなの。いつだって行けるもの」

「そう言ってもらえると助かるよ」

「あなたが大変なときは、私が精一杯支えます。だから、頼ってくださいね」

響一郎さんは私のつむじにキスをして、それから優しく抱きしめ返してくれた。


事故は大きく報道され、花満グループは報告と謝罪に追われた。

花満運送がグループの指導を無視した就労環境に社員を置いたことは明らかになったし、グループ内の対立から、物流と運送の二社が花満商事と距離ができていた事実も報じられた。

しかし、いまだグループ企業である以上は監督責任があると言われ、響一郎さんはかなり厳しい立場に置かれた。単独事故でなく怪我人も出ている上に、常磐自動車道では一時的に通行止めも発生してしまったのだ。

花満物流と花満運送は傘下から抜けるのを延期した。被害者への補償と経営体制の改善が済むまでは、花満グループで面倒を見るそうだ。ここで放り出して、責任を彼らに丸投げするわけにはいかないと響一郎さんは考えたのだろう。

会社と家の往復で、私や正実を気遣えないことを謝っていたが、私も覚悟の上だった。当然、旅行は延期になってしまったが、社会的責任を果たすまでという響一郎さんの考えには同意だった。

夏はあっという間に過ぎ、やってきた秋はどんどん深まっていった。私と響一郎さんが結婚して二年になる。

「寒川家の別荘に？」

その提案は思わぬところからされた。三橋さんはおじいさんからの伝言を持って白花家にやってきていた。

「旅行ということですか？」

私は動きたがって抱っこから抜け出る正実をつかまえながら言う。正実は生後九ヵ月。お座りもハイハイもできて、機動力があがっている。

「はい。松次郎さまのご意向です。いまだ世間の目があり、家族の記念日なども外に出づらい毎日を送っているだろうと」

怪我をした従業員も一般の人も快癒し、補償もされてはいるけれど、あの事故をきっかけにマスコミが響一郎さんを始めとした花満商事の重役らの近くをうろつくようになった。大企業体・花満グループのスキャンダルを探しているのだろう。普段の買い物などはまだしも、華やかな行事や旅行は目をつけられそうだ。

「それで、寒川家の別荘に家族旅行を。でも、いいんでしょうか」

現在の分家筆頭である寒川家は、以前から白花家に協力的であり、花満商事の重役も輩出している。

「寒川家の現当主は私の甥です。お話ししておりませんでしたが、私は寒川家の生まれでして」

三橋さんがさらりと言った。知らなかった。三橋さんも結構なお嬢さんだったのではないだろうか。

「甥も、響一郎さまの家族旅行のためなら使ってほしいと言っております。関東ですし、温泉もあります。正実坊ちゃんの思い出作りにも、響一郎さまと奥さまの結婚記念日にもちょうどいいのではないかと」

そこにちょうど響一郎さんが帰宅してきた。おじいさんと寒川家からの提案を聞くと、目を丸くした。

「そうか……結婚二周年……。すまない、恵那。大事な記念日を忘れるところだった」

「え、そこですか？　それはいいんですが、旅行は……」

「三橋、ありがとう。ありがたく使わせてもらうと、おじいさんと寒川家に伝えてくれ」

響一郎さんは一も二もなく返事をしてしまう。

尋ねる私に彼は頷いた。

「大丈夫ですか？」

「ああ、今うろついているマスコミは粗捜しをしたいだけの連中だ。彼らのせいで、恵那と正実が窮屈な思いをしているのが申し訳ない。以前、旅行の計画も駄目にしてしまったし、出かけよう」

響一郎さんはずっと、私との約束を反故にしてしまったことを気にしていたのだろう。

それだけではない。顔には見せないけれど、きっと彼もくたびれきっている。数日のリフレッシュは必要なはずだ。

「わかりました。行きましょう。正実、お出かけだよ！」

声をかけると、私の膝に手をついていた正実が「あーう」と声をあげた。わかっているのかいないのか。

「羽を伸ばしていらっしゃいませ」

三橋さんが珍しくにこっと笑ったのは、正実の無邪気な様子からか、私たち夫婦の楽しそうな笑顔からか。


平日の朝、響一郎さんの運転で目的地に向かって出発した。

関東だが、東京の我が家からは車で三時間。途中までは高速道路を使い、そこからは山道を進んだ。

「響一郎さん、よくこんな細い山道を運転できますね」

「細いか？　山はこんなものだろう」

響一郎さんはすいすい運転するけれど、近所をたまに運転するだけの私には驚異的なことに思えた。

「結構、山の中なんですね」

「旅行に来たという感じがするな。海でなくてすまないが」

響一郎さんは、以前私が海に行きたいと言っていたのを覚えているのだ。

「海は、正実を連れて来年に行きましょう」

「ああ、そうだな」

車は山間の温泉地にやってきた。温泉地の看板が視界に入り、レトロな商店街に出た。綺麗だが小さな駅舎があり、屋根のついた足湯には観光客の姿が見える。

「わ、なんだか温泉っぽいです！」

「有名ではないが、泉質はいいそうだぞ。観光客もいるな」

響一郎さんの運転する車は駅前を通り抜け、中心地からさらに山がちな土地へ進む。

山のふもと、木に囲まれたコテージが寒川家の別荘だった。

「あー、だだー！」

車の中ではずっと寝ていた正実が、見たことない建物に歓声をあげた。目覚めたら知らないところにいたのだから、正実にはすごい刺激だろう。ずっと家の中や庭ばかりで遊んでいた分、知らない土地に連れてきてあげられて嬉しい。

「白花さま、お待ちしておりました」

コテージには別荘番の男性が来ていて、鍵を渡し、コテージの中の説明をしてくれた。近くにある設備なども教えてくれた。コテージ内には家族で入れる温泉が引いてあるという。

「お食事の仕度はお昼の分が整っております。お夕食と明日の朝食はまたお持ちいたします」

コテージのテーブルにはずらりと料理が並んでいた。ランチコース顔負けのメニューは、地元のフレンチレストランのケータリングだという。

「美味しそうですね。上げ膳据え膳なのもありがたいです」

「恵那に楽をしてもらう目的もあるからな。明日の昼と夜は外に食べに行ったり、買ったものにしよう」

別荘番の男性が去っていき、私たちは昼食にした。正実は離乳食中なのだけれど、対応した食事が準備されていて助かった。

「コテージ内の温泉なら、家族で入れますね」

「赤ん坊は入れない公衆浴場も多いからな。結果としては、コテージを借りられてよかった」

食後は緑の中を散歩した。まだ紅葉には少し早いものの、秋の気配のする山は美しく、東京にいては感じられないものだった。

「正実、ほら、鳥がいるよ」

「キビタキだな。綺麗だ」

「わ、可愛い。覚えました！　これでキビタキ、スケッチできます」

「恵那らしい貪欲さだ」

木々を眺め、鳥を探し、空を見あげる。こんな穏やかな時間を過ごせてよかった。

私と正実もだけれど、ずっと張り詰めていた響一郎さんとここに来られてよかった。

夜はまたしても豪華なディナーコースが届けられた。まだ温かいので、調理したてを運んでくれたのだろう。

「すごく、美味しい！」

「ああ、明日の食事もこのフレンチに行こうか」

「いいですね！　でも、少し先に牧場もあるみたいですよ。そっちでも食事できるかも」

「確かに気楽な店でも、フレンチに正実を連れていけるかはわからないからな」

こんなとき、不便さよりも私と響一郎さんが親になったのだと実感する。赤ちゃん優先の生活がこの一年近くですっかり染みついてしまった。

「正実が一歳になるまでの大事な時期に、色々巻き込んですまないな」

「そんな。私こそ、実家のことで巻き込みましたよ。というか、夫婦なんだしこういうのも一蓮托生じゃないですか？」

食事を終え、ミルクまで飲んだ正実は響一郎さんの腕の中でうとうとし始めていた。

「一日遊んで疲れたんでしょうね」

受け取って、隣の寝室に準備されたベビーベッドに運んだ。可愛い寝顔を見つめ「おやすみ」とささやいた。

正実は忘れてしまうだろうけれど、この子にとって初めての旅行である。少なくとも私には忘れられない旅行になるだろう。

「正実、ぐっすりです」

戻ってきて席に着こうとすると、響一郎さんが私の手を取った。正面から向かい合う格好になり、私はなんだか照れくさい気持ちで彼を見あげた。

「恵那、あらためて言う。結婚してくれてありがとう。結婚二周年記念を一緒に迎えられて嬉しい」

「こちらこそです。あ、響一郎さん、ちょっと待っててください」

そっと手をはずし、私はソファに置いた鞄から、準備してあった薄い箱を取り出してきた。明らかに額が入っていそうな薄さに、響一郎さんが「絵を描いたのか？」と尋ねる。私は頷いて、箱を開いた。

「ああ……」

響一郎さんがつぶやいた。

私がスケッチしたのは白花家のまだ見ぬ桜だ。正実が生まれる少し前に植え、まだ花をつけない桜が、大木になった姿を想像して描いた。

そしてその前に立っているのは響一郎さんと私と正実。おじいさんと三橋さん。亡くなった私の祖母と、響一郎さんのご両親とおばあさん。

「えへへ、桜は昔の門のところにあった木の写真を参考にしました。家族みんなの姿はそれぞれの写真を、私の頭の中で合成した感じなので、ちょっと変かもしれません」

「……いや、みんなそのままだ」

響一郎さんは切なく、そして嬉しそうに目を細めた。黒い水面のような瞳は、涙をこらえるような揺らぎがあった。

「ありがとう。恵那にしか描けない思い出だ。過去と未来を繋ぐ絵。ありがとう」

絵を置き、それから響一郎さんは私を抱き寄せた。私はその広い背に腕を回して力を込める。

「響一郎さん、私を妻にしてくれてありがとうございます」

白花家へ嫁入りが決まった頃、私の心に自暴自棄の気持ちがなかったとは言えない。祖母との別れが迫り、家族とは不和。未来も閉ざされたように感じたのは確かだ。

だけど、そんな場所から私をすくいあげてくれたのは響一郎さん。

ひとりの人間として認め、信頼してくれた。大事にしてくれた。愛を与えてくれた。

「あなたと出会えたから、私はひとりの人間になれました。あなたの隣でこの先も生きていきたい」

「俺の方こそ、恵那にお礼を言いたい。きみと出会って人の温かさに触れた。他者を遠ざけていた心がほどけた。きみの真心が俺を変えたんだ。きみのいない人生に価値はない。どうか、ずっと隣にいてほしい」

「響一郎さん。はい、ずっと隣に」

固く抱き合い、互いの頬が触れ合う。いとおしくて胸が苦しかった。これほどの愛を知ることができたのも彼と出会えたから。

優しく唇を重ね、私たちは寄り添った。

秋の山を吹く風は少し強く、コテージを揺らしていた。フクロウの声が聞こえ、虫の合唱が響く。

山の一部になったように静かな気持ちで目を伏せると、響一郎さんの呼吸と心音が聞こえてきた。ここに私の愛する人がいる。

どこまでも満たされた瞬間だった。

エピローグ

「正実、車を片付けて。踏んじゃうよ」

「だめだよ。あそぶよー」

居間に掃除機をかけながら声をかけると、間もなく三歳になる正実が怒った声をあげた。

「ぼくのだよ。だめ！」

「それじゃあ、お片付けして！」

正実はぷーっと膨れてそっぽを向いて走っていってしまった。車のおもちゃは放置したまま。私のお腹が大きくなり、動きが鈍くなっているのを知っていて、追いかけてこないだろうと高を括っているのだ。

しかし、正実は呆気なくつかまった。居間に顔を出した響一郎さんは、正実の身体をがしっとつかまえ、かがみ込んで諭すように話しかけた。

「聞こえてたぞ、正実。お片付けをしなさい」

「だって、まだあそぶの」

「でも、出しっぱなしにしていたら、踏んづけて危ないんだぞ。お母さんは赤ちゃんがいてお腹が大きいんだ。足元は見えづらいし、もし転んだら大変だよ」

響一郎さんの言葉に正実が私を見る。困ったような、まだ不貞腐れているような顔でやってきて、「お片付けする」と車のおもちゃを片付け始めた。隣の部屋のおもちゃ箱に駆けていくので、その背に声をかけた。

「正実、お片付け偉いよ」

正実はこちらを向かなかった。

「響一郎さん、ありがとう。正実、早くも赤ちゃん返りみたいな感じで」

響一郎さんが私の隣にやってきて、お腹を撫でた。私のお腹には第二子がいる。来月には出産の予定だ。

「時期的にも自我が強くなってくるんだろう。それに、のびのびと我儘(わがまま)を言えるのは、愛されて育っている証拠でもある」

「そうね」

それでも、第二子が産まれて、正実がこの調子だと結構大変だろうなと思う。世の中のお母さんたちはみんな、上の子と下の子をどうやって平等に育てているのか聞いてみたい。正実に寂しい思いをさせたくないけれど、どうしても赤ちゃんを優先しなければいけない日もくるはずだ。

「恵那、ひとりでなんでもしようとするなよ。俺はきみのそういうところが心配だ」

「何、響一郎さん、急に」

「たまに伝えておこうと思ってな。きみはいつも自分を犠牲にしてまでも頑張ってしまう。ここに味方がいるのは覚えておいてほしい」

響一郎さんは花満グループのトップとして、白花家の当主として忙しい毎日だ。確かに私ほど育児には関われず、その点を心配してくれているのだと思う。

きっと、ふたり目の出産前で少しだけ不安な私の気持ちも見抜いている。

「頼りにしてるよ、響一郎さん。あなたはいつだって、私に力をくれるもの」

「俺も恵那から元気をもらっている。正実からもお腹の子からも。ただ、育児は物理的に手が足りないことがままある。いつでも育児を代わるから言ってほしい」

本当に力強い言葉で、きっと彼は有言実行をしてくれるに違いない。

「さて、これから温室を見に行こうか。この前、正実が好きなサボテンを仲間入りさせただろう」

響一郎さんは明るい笑顔で言い、正実を呼んだ。正実がぱたぱたと駆けてくる。

「三人でお花を見に温室へ行こう」

「うん、おとうさんとおかあさんと行く」

正実が私のお腹にぎゅっと顔を押し付け、付け足して言った。

「あと赤ちゃんと」

私と響一郎さんは微笑み合って、可愛い息子の頭を撫でた。

縁あって夫婦になった私と響一郎さん。私たちのもとにやってきてくれた正実とお腹の赤ちゃん。

もう孤独は感じない。寂しさもない。

この家族が私の居場所だから。


（了）

番外編　白花家当主が花嫁に恋するまで

都会の夜は明るすぎるくらいだと思う。俺が暮らす白花家の邸宅は充分な敷地があり、都内の中心地でも静かな環境だ。

今いる麻布界隈は賑やかな地域であり、夜が更けてもなかなかこの喧噪は収まらない。

外資系シティホテルの小庭園で、俺は迎えを待っていた。今日は取引先企業のパーティーに出席しなければならなかった。

アルコールが入るので車を呼んで帰るつもりだったのだが、恵那が迎えに来ると朝から言っていた。

『最近、世那が寝ないから、寝かしつけも兼ねて迎えに行くね』

娘の世那は生後半年。夜泣きが始まり、恵那は寝不足のようだ。上の子の正実はほとんど夜泣きのない子で、寝かしつけもそれほど苦労をしなかった。

その分、第二子の睡眠のムラには振り回されているようだ。

車に乗せると寝ることが多いようで、今日の迎えは寝かしつけのためでもある。

『俺が代わってやれればいいんだが……』

日中、正実が幼稚園に行くようになり、恵那は世那とふたりきりになる時間も多い。世那が眠るタイミングに合わせて寝ればいいのに、頑張り屋の恵那はこの隙にと家事に精を出してしまうのだ。

俺がもう少し家にいられれば、家事でも育児でも代わってやれるが、最近は少々仕事が詰まりすぎている。

恵那の負担を考えて、三橋のような気の置けない手伝いを雇うことも考えているのだが、大丈夫と言われている。

『困ったら自分から頼るから、今は任せて』

性分なのかもしれないが、恵那は何事にも一生懸命で最大限の努力であたろうとする。

そんな彼女を守りたいと思いながら、彼女の自立心を妨げたくないとも思う。

恵那と結婚して三年八ヵ月になる。出会った頃はこれほどいとしい女性になるとは思わなかった。

＊＊＊

恵那との結婚は決められたものだった。白花家の嫁は分家から選ぶというしきたりだ。

母も祖母もその前も分家出身。俺の妻も分家のいずれかから選ぶのは決まっていた。本来は二十代のうちに相手を定め、婚約するのだが、俺の場合は両親の急死によってすぐに花満商事の代表取締役となり、花満グループ総帥の立場となった。結婚相手を選ぶ暇がなかったのだ。

結果、祖父が俺の結婚を急かしだした三十代には、数人いた同世代の女性はよそに嫁いだ後で、適齢期の女性はやや年下の才条家の三姉妹のみとなっていた。

正直誰でもよかった。会った記憶もないし、写真を見てもぴんとこなかった。そもそも女性との交際にさほど興味を覚えたことがない。

若い頃から父について仕事を覚えるのが楽しかったし、女性に時間を割くのはあまり愉快ではなかった。最低限の健康維持のため空いた時間にジムに通う以外は、母が残した温室を管理するのがせいぜいの趣味だっただろう。結婚しなければならないと頭でわかっていても、前向きに考える気分にはなれないでいた。

さらには藪椿家が、秘書を養女にして嫁として送り込もうと画策していることを知り、結婚自体にうんざりしてしまったのも事実だ。

才条家から末娘を嫁にという話がきたときは、十歳も年下であることに戸惑ったものの、健康なら問題ないと考えただけだった。

初めて会った恵那は、まだ本当に幼い子どものような女性だった。

焦げ茶色の髪をひとつに結わえ、白い肌に化粧は施されてあったがごく薄く、いっそう子どもっぽく見えた。

『恵那と申します』

声は高く、細い。少し震えているようにも感じられた。

ただ、目が綺麗だと思った。純粋そうで、こちらを値踏みするような色は一切なかった。立場上、昔から周囲の人間に値踏みされてきた俺には、それなりに好感が持てる瞳だった。

しかし挙式を終え、初夜。彼女が大丈夫だと言うので押し倒したら泣かれてしまった。

これには俺も少々狼狽した。男性経験がなく、まだ若い恵那は、嫌々嫁いできた相手に欲情されて怯(おび)えてしまったようだった。

怖がらせてしまったことを反省し、妻とはいえ慣れるまでは距離を取った方がいいだろうと考えた。残念というより、仕方がないという諦念があった。

彼女からしたらずいぶん年上の男だ。末娘だし、姉らに押し付けられての嫁入りだった可能性もある。

それに、俺自身も分家の人間をそう簡単に信用できない。

新妻とは、同居人くらいの関係でいい。祖父は曾孫を望んでいるが、この状況でそれは無理だ。

跡継ぎは必要だが、愛のない相手との子作りを彼女が割り切れるようになるまでは待つべきだろう。

そう考えて、俺と恵那の結婚生活は始まった。

恵那は甲斐甲斐しく働き、家事を担ってくれた。曾孫を望む祖父の言葉にも応えようとしてくれる。彼女は彼女なりのペースで、白花家に馴染み、俺の妻たろうとしてくれていた。

一方で『分家は信用できない』という言葉が恵那を傷つけたことは想像できた。

彼女との距離は難しかった。近づきすぎてもいけないし、遠すぎては彼女が遠慮する。

そんな折、恵那の映像記憶の能力を知った。

絵を描く趣味は微笑ましかったが、彼女の有した特殊な記憶力は驚きだった。この能力は絵を描く補助だけに留まらない。うまく使えば、学業や仕事において有益な能力として活かせる。

そんな彼女がどうして、高校卒業後に家事手伝いをしていたのだろうか。進学や就職など、能力を活用できる場所は多くあっただろうに。

考えてみれば恵那は家庭の話をあまりしない。亡くなった祖母の話しか聞いたことがないのだ。

疑問が解けたのは才条家の墓参りがきっかけだった。

彼女の姉たちの態度から、彼女が実家で冷遇されていたことがわかった。両親の不和から始まった亀裂を子どもの世代が受け止めた結果、すべてのしわ寄せが恵那に行ったようだった。

可哀想にと思う気持ち以上に、つらい境遇でも一生懸命生きて、自分の居場所を探し続けた恵那を尊敬した。

俺は他者を信用していない。両親の死でその根は深くなり、壁を立てて生きるようになった。

彼女のように素直には生きられなかった。彼女は芯が強いのだ。

また、恵那と俺は大事な人を失ったという痛みを共有していた。

(彼女を大事にしよう)

心からそう思った。この妻を大事に守り、安心させてやりたい。

今までつらかった分、幸せだと感じられるようにしてやりたい。

俺の心にはそんな感情が芽生えていた。


やがて気持ちには変化が生じる。

恵那に仕事の面で救われ、思わず抱き寄せてしまったことがあった。最初の失敗から上手に距離を取っていたつもりだったのに、感涙する恵那に触れずにはいられなかった。

こんな感情を覚えたことがなく、誰より俺自身が戸惑った。

家族のような温かな感情で守ろうと思っていたのに、女性として触れたくなっていたなんて。

これは恋なのだろうか。それとも生理的な欲求なのだろうか。

上に立つことに慣れすぎて、妻にまで征服したい気持ちが出ていたとしたら問題だ。

ともかく恵那には初手で怖がらせてしまっている。今後は絶対に無理強いしないようにしよう。

そう誓いながら、恵那に優しい気遣いを見せられると心は揺れた。彼女は家族として接しているだけだというのに、俺ばかりが意識していた。

恵那の姉に執着され、初めて他の女性というものをあらためて見た。学生時代に交際した女性のことなどもう忘れていたが、今目の前に恵那以外の女性が現れても、一切の興味が湧かなかった。話すなら恵那とがいいし、笑顔が見たいのも恵那だ。

この気持ちはやはり恋なのかもしれない。恋とはこれほど温かで落ち着かない気持ちになるのか。

初めてのデートの後、分家の関係者に水を差される事件が起こった。たくらみや嫌がらせを潰し、彼らを弾圧した俺を、恵那は怖がりもしなかった。俺を理解し、支えようとしてくれる姿に胸が疼いた。

『響一郎さん、愛しています』

初めて告げられた愛の言葉に、俺の愛もあふれていた。

心の底からいとしいと思う女性に出会えた。それが妻となった人だった。

俺よりずいぶん若いのに、俺よりずっと勇気がある美しい女性。彼女とともに生きていこう。

多くのことを乗り越え、ふたりの子宝にも恵まれ、今本当に幸せだと言える。

父と母を突然の事故で失ったときは、前を向くのに必死だった。悲しむ暇も悼む暇もなく、巨大な企業体を背負い、本家の当主として立たなければならなかった。そうしないと気落ちした祖父を支えられないと思った。俺自身も歩けなくなりそうだった。

あのときの俺に伝えてやりたい。

そのまま遮二無二進め。やがて、おまえを理解し愛してくれる女性に出会える、と。同じ孤独を知り、それでも強くあろうとする彼女を、おまえは愛さずにいられなくなる、と。

＊＊＊

スマホにメッセージがきた。

恵那の車が駐車場に到着したという連絡だ。立ちあがり、地下の駐車場へ向かうと我が家の車はすぐに見つかった。チャイルドシートを設置した国産車だ。

恵那が運転席から顔を出して手を振っている。近づくと後部座席から正実の「おとーさーん」という声が聞こえてきた。

「ありがとう。おや、正実、起きてるのか」

「うん！　明日、幼稚園が休みだから大丈夫だよ」

「さっきまで寝てたんだけど、起きちゃった」

恵那は苦笑いだ。

そう、世那の寝かしつけにドライブは有効だが、正実ひとりを置いていくわけにはいかないので、必然ふたりとも車に乗せることになってしまう。

助手席に乗り込み、後部座席を見ると、正実の横で世那があどけない寝顔を見せている。

「世那は寝たんだな」

「車の揺れがちょうどいいみたいで、すぐに。正実がちょっと騒いでも起きないから、たぶん本人も相当眠いのよ」

頑張らないで寝てくれたらいいのに、とつぶやく恵那の言葉には実感がこもっている。毎日娘の睡眠に振り回されているのだから、言いたくもなるだろう。

「恵那、やはりこういう迎えは当分いいよ。正実の睡眠を削ってしまう」

「うう……そうなのよね。じゃあ、この子たちがお留守番できる年齢までは、お迎えはやめておこうかなあ」

「それでいいよ。それに、きみも睡眠不足だろう。休めるときに休むべきだ」

恵那はうーんと唸る。彼女は俺の役に立とうと一生懸命なのだけれど、俺としては、いてくれるだけでいいのだ。

彼女の存在に救われているのだから。

「でも、きみと夜のドライブには行きたいな。三橋や他の使用人の手を借りて、今度ふたりで出かけようか」

疲れている彼女のリフレッシュになればいい。すると、正実が後部座席で大きな声をあげた。

「おとうさん、おかあさんずるい！　ぼくも行きたい！」

「ふえ、ふやあああん」

正実の声で世那が起きた。ぎゃっと恵那が声をあげて、慌てて車を発進させる。

「正実、世那起きちゃったから、しー、よ。しー！」

「だって～」

「正実は今度、お父さんが電車の博物館に連れていくよ」

娘の泣き声が響き渡る車は、夜の街をすべるように移動していく。俺と大事な家族を乗せて、家路を急ぐ。

番外編　サプライズ

　春が近づくある日、私と響一郎さんは子どもたちを連れて、松次郎おじいさんの邸宅を訪れていた。九十五歳になった松次郎おじいさんは冬に少々体調を崩し入院していたのだけれど、先日無事に退院した。本人曰く、日頃から鍛えていたので回復が早かったのだそうだ。

　今日は快気祝いをやろうとお誘いを受けて、四人でやってきた。

「いやあ、よく来てくれたねえ」

　松次郎おじいさんは身体を起こし、私たちを玄関で出迎えてくれた。少し痩せたようだけれど、相変わらずかくしゃくとしている。

「おじいちゃん！」

　正実が声をあげ、おじいさんのもとへ駆けていく。飛びついちゃ駄目よと声をかける前に、正実はおじいさんにがっしりと抱きついた。

「おうおう、正実、大きくなったなあ」

　おじいさんはわずかによろけたものの、正実を抱きとめて笑顔だ。

「大きくなったよ。だって四歳だもん」

「正実の四歳の誕生日は入院していて、お祝いできなかった。すまないね」

「大丈夫だよ。今日はおじいちゃんが元気になったお祝いでしょう。ぼくのお祝いも一緒にすればいいじゃん。世那も一歳になったんだよ」

正実がちゃっかりしたことを言い、私が抱っこする世那を指さす。

「そうだ、世那ちゃんも一歳だった。可愛いねえ」

おじいさんの腕に世那を預けると、「重くなった」と嬉しそうな声。おじいさんは響一郎さんとお父さん、正実の赤ちゃん時代しか経験がないため、女の子の赤ちゃんは初めてだと世那を猫可愛がりしている。

「おじいさん、子どもたちを構ってくれるのは嬉しいんだが、そろそろ奥で座ってくれ」

響一郎さんが諭すと、おじいさんは明るく笑った。

「おまえは心配性だな。寿命はまだ先だから、そう気を揉むな」

「おじいさん」

響一郎さんがたしなめるように言って、嘆息した。

おじいさんが入院したとき、響一郎さんがすごく心配していたのを私は知っている。

元気で気力もあるけれど、九十代後半なのだ。

「松次郎さま。響一郎さまの言う通り、座ってくださいまし」

おじいさんの後ろからぬっと現れたのは三橋さんだ。小柄だけど存在感のあるこの家のお手伝いさんは、まだまだ現役である。

「はいはい。わかったよ。恵那さん、世那ちゃんを返すよ」

世那を私の腕に戻すと、おじいさんは正実に手を引っ張られながら廊下を進んでいった。

広間にはご馳走が並んでいた。今日は三橋さんの他、ふたりのお手伝いさんも来ていて、このご馳走を用意してくれたようだ。

「すごーい。ぼくの好きなラザニアもあるー！　ケーキもあるよー！」

正実が歓声をあげ、三橋さんがちょっとだけ得意げに答えた。

「正実坊ちゃんのお好きなメニューはなんでも三橋が作りますよ」

「三橋さん、ありがとうございます」

「奥さま、世那お嬢さんのお食事も準備してみましたので、固さや味付けを確認してくださいませね」

正実の好きなメニューだけでなく、世那の離乳食まで。至れり尽くせりのおもてなしに頭が下がる。毎日食事の仕度に追われている主婦にとって、ご馳走が準備されているなんて夢のような状況だ。

「さあ、今日は私の快気祝いだぞ。たくさん食べよう」

「はーい!」

正実が元気に返事をし、一番に席に座った。

おじいさんは本当に体調がよさそうで、響一郎さんや私とたくさん話をした。響一郎さんとは現在の花満グループの話を、私には子どもたちの成長について聞きたがった。

お腹がいっぱいになると正実はお手伝いさんたちと遊び始め、世那はハイハイやつかまり立ちで邸内を冒険した。大人もお腹がいっぱいになる頃には、世那は眠くなりぐずぐずし始め、正実も遊び疲れて目をこする。まだふたりともお昼寝が必要な年齢なのだ。

「正実坊ちゃん、お昼寝しましょう」

「ええ、まだ遊びたいよぉ」

「お昼寝してから遊びましょう。ケーキだってあるんですから、お昼寝した後に食べますよ」

正実は三橋さんに伴われ、隣室へ。子どもたちのためにお布団を敷いてくれており、私も世那を連れていった。はしゃいでいたせいか、正実も世那もあっという間に眠ってしまった。

「さて、響一郎。子どもたちも昼寝をしたし、少し時間ができた」

私が広間に戻ってくると、おじいさんが言った。響一郎さんが優しい表情で尋ねる。

「何か用事があれば、俺がやりますよ」

「そんなものはうちの連中で事足りる。響一郎、恵那さん、今日は子どもたちを夜まで預かるから、出かけてきたらどうだ？」

「え？」

「おじいさんは病み上がりだろう。やんちゃな子どもふたりの面倒なんて見させられない」

響一郎さんの言葉に、おじいさんは元気よく笑い返した。

「何も私ひとりで見るとは言ってないだろう。そのために今日は手伝いのみんなに出てきてもらった。三人とも子育ても孫育ても経験している猛者だから任せてよし」

「でも、おじいさん」

子どものパワーはかなりのものだ。いくらおじいさんが元気で、三橋さんを始めとしたお手伝いさんが面倒を見てくれても、長時間預けるのは気が引ける。

「恵那さんは私の入院中、毎週来てくれたねえ。その都度、世那ちゃんを一時保育に預けて病院に来るのは大変だっただろう。私はお礼をしたいんだよ。子どもが小さいとなかなか夫婦で出かけられない。夕飯はこっちで食べさせておくから、ふたりで息抜きをしておいで」

お祝いだと言っていたけれど、もしかしておじいさんはこのために会を企画したのだろうか。

「ありがとう、おじいさん。せっかくだから、そうさせてもらう」

響一郎さんが私より先に返事をした。おそらく私の遠慮を封じるためだ。

「そうと決まれば、ほら、行った行った」

「正実坊ちゃんと世那お嬢さんはお任せください」

おじいさんはさっさと行けとばかりに手を振り、三橋さんとお手伝いさんふたりが頭を下げた。

「出かけてこいなんて、サプライズだったわね」

ひとまず徒歩で本家の邸宅に戻る。響一郎さんが微笑んだ。

「恵那が毎週のように見舞いに行ったのがよほど嬉しかったんだろう。俺からもあらためて礼を言うよ。ありがとう」

「三橋さんが行けないときに、洗濯物を取りに行っただけよ。家族なんだし、当たり前でしょう」

「ともかく、おじいさんの計らいで時間ができたな。子どもたちがいないとちょっと変な感じだ」

それは響一郎さんが普段から育児に関わっているから出てくる言葉だろうな、と嬉しく思う。響一郎さんが私の顔を覗き込んで尋ねてきた。

「恵那、どこか行きたいところはあるか？」

「ええ、ホームセンター！」

私は元気いっぱいに答えた。響一郎さんが驚いたように切れ長の瞳を丸くする。

「シーツとカーテンを見たいの。ここから車で一時間くらいのショッピングモールの中に大きなホームセンターが入っていてね」

そのショッピングモールには、少し前に恵未姉さんと会うため世那を連れて出かけた。電車とシャトルバスを使ったけれど、結構遠くて大変だった。世那もいるし、帰りも電車だと思うと、大きなホームセンターにうっとりしつつ買い物はできなかったのだ。

なお、恵未姉さんとは数年に一度会っている。今回は世那の顔見せで一年半ぶりに会い、近況報告を兼ねてランチをしたのだ。恵未姉さんは相変わらず意地悪で嫌味だけど、毎年クリスマスには正実と世那にプレゼントを贈ってくれる。

「そんな、いつでも行けるところでいいのか？」

本家の門をくぐり、大きくなってきた桜の横を通り抜けながら響一郎さんが確認してくる。私はこくりと頷いた。

「もちろん。ふたりでのんびり買い物はなかなかできないでしょう。買い物の後はゆっくりコーヒーを飲むの。ケーキもね」

私の返事に、響一郎さんがくつくつ笑いだした。

「うちの妻は慎ましくて本当に困ってしまうな。今からディナーの予約だってどうにかなるというのに」

「新しいカーテンだってわくわくするじゃない。駄目？」

「いや、いいよ。きみとなら、どこだって楽しい。それに、きみのことだ。欲しいカーテンもシーツも、記憶のストックに入れてあるんだろう？　早く買いに行きたいよな」

響一郎さんはそっと微笑む。

さすが響一郎さん、よくわかっている。私の気持ちをいつだって尊重してくれるから、彼と結婚してから甘えてばかりだ。

「エコバッグと……あと何がいるかしら」

リビングで準備をしていると、不意に腕を引かれた。そのままぎゅっと立ったまま抱きすくめられた。

「響一郎さん？」

腕の中から見上げると、響一郎さんのいとおしそうな視線とぶつかった。

「出かける前に、三十分だけ俺にくれないか？」

「いいけど、どうしたの？」

おずおず尋ねる私の唇に、彼の唇が重なる。

「んっ……」

優しく奪われた唇から声が漏れると、抱擁がさらに強くなった。大きな手が頬を撫で、さらに深く唇が重ねられる。

わずかに唇を離して、響一郎さんがささやいた。

「三十分だけ、キスの時間が欲しい。せっかくふたりきりだから」

甘い声音に全身がぞくぞくする。私は熱くなる頬を響一郎さんの胸に押し付け、背中に腕を回した。

「キスだけ？」

「買い物に行きたいから我慢するよ」

「よろしい」

私の返事はあっという間にキスで封じられてしまった。

ささやかなふたりきりの時間はゆっくりと情熱的に過ぎていき、私は身震いするほどの幸福と愛を感じたのだった。

あとがき

こんにちは、砂川雨路(すながわあめみち)です。『身代わり婚を押し付けられた役立たず令嬢が、人嫌いな冷酷旦那様の最愛妻になるまで』をお読みいただきありがとうございました。

実家で虐げられて育ったヒロイン・恵那が、お嫁入りした本家当主の響一郎と恋に落ちるお話です。現代のシンデレラストーリーを書きたいという、恋愛小説としては原点にして王道な内容を目指してみました。愛を知った恵那が自分の意志で実家と決別し、未来に向かって歩きだすところまで描けたのではないかなと思っています。

どんな環境に生まれるかは選べないけれど、どう生きるかは選べます。大事なものを見落とさず、真摯に日々を過ごしていくことで幸せをつかんだ恵那に、頑張ったねと言ってあげたいです。

番外編は響一郎視点のお話と、その後の家族のお話です。物語の最初と最後で、恵那と響一郎の距離感がぐぐっと変化するので注目してみてください。楽しんでいただければ幸いです。

最後に、本書を出版するにあたりお世話になった皆さまに御礼申し上げます。

カバーイラストをご担当いただきました八千代ハル先生、ありがとうございました。以前お仕事をご一緒したときから、いつか単著で表紙をお願いしたいと思っていたので、今回夢が叶いました。仲のいい三人家族の美麗表紙、すごく嬉しいです。

デザインをご担当くださったデザイナーさま、本作もありがとうございました。期待に応えてくださるデザインの数々、感謝の気持ちでいっぱいです。

担当さま、今回もありがとうございました。毎回ご相談だらけですみません。頼りにしております。

いつも応援してくださる読者さま、ありがとうございます。「うまく書けないなあ」と悩むことも多いのですが、楽しみにしてくださる読者さまがいるのだと思うと頑張れるようです。おかげさまで先日、作家業十周年となりました。まだまだ精力的に書いていきたいです。

それでは、また次回作でお会いできますように。

砂川雨路

マーマレード文庫

身代わり婚を押し付けられた役立たず令嬢が、人嫌いな冷酷旦那様の最愛妻になるまで

2024年12月15日　第1刷発行　定価はカバーに表示してあります

著者　砂川雨路

発行人　鈴木幸辰
発行所　株式会社ハーパーコリンズ・ジャパン
東京都千代田区大手町1-5-1
電話　04-2951-2000（注文）
0570-008091（読者サービス係）
印刷・製本　中央精版印刷株式会社

ISBN-978-4-596-72012-2

m a r m a l a d e b u n k o